追帽子的人

小钩沉系列

英国小品文经典三十篇

[英] 查尔斯·兰姆 等——著

梁遇春——译

天地出版社 | TIANDI PRESS

图书在版编目（CIP）数据

追帽子的人 /（英）查尔斯·兰姆等著；梁遇春译. —成都：天地出版社，2018.3

ISBN 978-7-5455-3310-1

Ⅰ. ①追… Ⅱ. ①查… ②梁… Ⅲ. ①小品文—作品集—英国—现代 Ⅳ. ①I561.65

中国版本图书馆CIP数据核字（2017）第269114号

追帽子的人

出 品 人	杨　政
著　　者	［英］查尔斯·兰姆 等
译　　者	梁遇春
责任编辑	杨永龙　朱迪婧
封面设计	今亮后声
电脑制作	胡凤翼
责任印制	葛红梅
出版发行	天地出版社 （成都市槐树街2号　邮政编码：610014）
网　　址	http://www.tiandiph.com http://www.天地出版社.com
电子邮箱	tiandicbs@vip.163.com
经　　销	新华文轩出版传媒股份有限公司
印　　刷	北京市十月印刷有限公司
版　　次	2018年3月第1版
印　　次	2018年3月第1次印刷
成品尺寸	127mm × 185mm　1/32
印　　张	8.25
字　　数	131千字
定　　价	45.00元
书　　号	ISBN 978-7-5455-3310-1

咨询电话：（028）87734639（总编室）
购书热线：（010）67693207（市场部）

编者前言

钩应夏，沉应冬，钩沉是夏冬，也是春秋；所谓“钩沉”，即是重新挖掘散失的篇章、经典。

本套丛书所选书目包括鲁迅、戴望舒、郁达夫等民国大家的翻译作品以及林徽因选编的民国小说集。在由现代出版业因经济效益而建构的浩如烟海、泥沙俱下的出版景观中，这样一个编辑视角不可谓不新颖、有趣，至少在我们有限的出版视野中是不多见的。

类似鲁迅、郁达夫、戴望舒这样的大家，他们的原创文字，在市面上已有无数版本，但由他们翻译或编辑的文本却少之又少，构成他们文字生涯重要组成部分的这部分工作为何会被后人逐渐忽视以至遗忘?

“我非所爱读的东西不译，且译文文字必使像是我自己作的一样。”郁达夫这样谈及自己的翻译。我们在重新编辑整理这套丛书时也强烈地感受到，这些文字大家在翻译和编辑他人作品时，所遵从的是同自己的创作一样严谨、苛刻的文字标准，而经他们之手流出的文字景观，也同他们自己创作的文字一样，值得后世之人反复捧读。

在这套丛书的编辑过程中，我们遇到了很大的挑战和困难。一方面多数文本虽非大家原创，但毕竟是经大家处理过的文字，我们不便任意改动；另一方面，民国时的语言表达与行文风格，已经不符合当代读者的阅读习惯，这一点体现在翻译作品中尤其明显，除了编校上的错误，民国原版中的相当多表述会对现代读者造成理解障碍，甚至译者对外文原著也偶尔有理解上的偏差，完全依照民国原版出版，其实是对当代读者的一种不负责任。因此，我们在参照权威民国版本的基础上，一方面尽量保持民国原有的表述及语言风格，另一方面也根据现代阅读习惯及汉语规范，对原版行文明显不妥处酌情勘误、修订，从标点到字句再到格式等，都制定了一个相对严谨的校正标准与流程。最后的修订结果若有不妥之处，还望读者海涵。

凡例

本套丛书以民国影印版为底本进行编校，力求最大限度还原民国原版风貌，因此在编校过程中尽量尊重并保持民国原版行文风格，但考虑到民国时的表述习惯与现代汉语规范已相去甚远，也不符合当代读者的阅读习惯，同时民国原版也难免存在编校上的错误，出于对当代读者更负责任的角度，本套丛书对民国原版文本进行了适当修订、勘误。具体操作遵从以下凡例：

一、本套丛书以民国影印版为底本进行编校、修订，繁体竖排全部改为简体横排。

二、标点审校，尤其是引号、分号、书名号、破折号等的使用，均按照现代汉语规范进行修改。

三、原版中的异体字，均改为现代通用简体字。

四、错误的字词均按照现代汉语规范进行修正。如：“狐独”改“孤独”，“磕瓜子”改“嗑瓜子”，“悉蟀”改“蟋蟀”，“和协”改“和谐”，“绉纹”改“皱纹”等。

五、对民国时期的通用字，均按现代汉语规范进行语境区分。如：“的”“地”“得”“底”，“合”“和”，“做”“作”等。

六、语词发生变迁的，均以现代汉语标准用法统一修订，如：“发见”改“发现”，“印像”改“印象”，“那末”改“那么”，“斤斗”改“筋斗”，“澈底”改“彻底”，“计画”改“计划”等。

七、同一本书中的人名、地名译名尽量统一；外文书名、篇名均改为斜体。

八、表述不清的语句，在尽量不影响原版行文风格的基础上，进行修改。如："对于这问题，给以解释之明，在内供可惜还没有。"改为"对于这问题，内供可惜还不能给以解释。"又如："可是没有一个人放下报纸时，心里不觉得希望。"改为"可是没有一个人放下报纸时，心里不觉得有希望。"

九、有语病的语句，亦在尽量不影响原版行文风格的基础上，按照现代汉语规范进行修改。如："'真的？'轻轻地反问。"此句缺主语，依照上下文改为"'真的？'她轻轻地反问。"又如："一个老人身上还有破烂的绸衣碎块来求我们的怜悯。"此句句式杂糅，改为"一个身上挂着破烂的绸衣碎块的老人来求我们的怜悯。"再如："那些庭园似乎很久很久有许多年数没有人迹到过似的。"此句语义重复，删掉"很久很久"。

十、引述内容部分，如书信等，统一改同号楷，引文上下空行。

十一、酌情补注，简短为宜，注释方式为底注。

十二、书中各篇标题、落款、注释等编辑元素统一设计处理（包括字体、字号、间距等设计元素）。

目录

英国小品文选

小品文选

英国小品文选

她将这玫瑰栽住家里，这树老是生长发达得奇怪。每年六月时候，那一大堆的枝叶还是送出充满香气同红色的热情华丽气象，好像在树根树心里还燃烧着这位意大利爱人的愤怒同失望。

译者序

把 Essay 这字译作“小品”，自然不甚妥当。但是 Essay 这字含义非常复杂，在中国文学里，带有 Essay 色彩的东西又很少，要找个确当的字眼来翻译，真不容易。只好暂译作“小品”，拿来和培根、约翰逊，以及戈斯所下 Essay 的定义比较一下，还大致不差。希望国内爱读 Essay 的人，能够想出个更合式的译法。

在大学时候，除诗歌外，我最喜欢念的是 Essay。对于小说，我看时自然也感到有兴趣，可是翻过最后一页以后，我照例把它好好地放在书架后面那一排，预备以后每星期用拂尘把书顶的灰尘扫一下，不敢再劳动它在我手里翻身打滚了。霍桑的《红字》、陀思妥耶夫斯基的《罪与罚》、康拉德的《吉姆老爷》《水仙号上的黑家伙》都是我最爱念的小说，可是现在都安然地躺在家里我父亲的书架上面了。但是坡、丁尼生、克里斯蒂娜·罗塞蒂、济慈的诗集，蒙田、兰姆、哥尔德斯密斯的全集，斯梯尔、艾迪生、哈兹里特、亨特、布朗、德·昆西、史密士、萨克雷、斯蒂文森、洛威尔、吉辛、贝洛克、刘易斯、林德这些作家的小品集却总在我的身边，轮流地占我枕头旁边的地方。心里烦闷的时候，顺手拿来看看，总可医好一些。其中有的是由旧书摊上买来而曾经他人眉批目注过的，也有是贪一时便宜，版子坏到不能再坏的；自然，也有十几本金边大字印度纸印的。我却一视同仁，读惯了也不想再去换本好版子的来念。因为恐怕有忘恩背义的嫌疑。

常常当读得入神时候，发些痴愿。曾经想把蒙田那一千多页的小品全翻作中文，一回浊酒三杯后，和一位朋友说要翻兰姆全集，并且逐句加解释，第二天澄心一想，若使做出来，岂不是有些像《皇清经解》把顽皮万分的兰姆这样拘束起来，兰姆的鬼晚上也会来口吃地和我吵架了。有时高兴起来，也译一二篇，但将译文同原文一比较，免不了觉得失望。所以天天读，天天想译，二三年始终没有办到。前年冬天反倒马马虎虎地译出一篇自己不十分爱读的屠格涅夫的小说。回想起来，笑也不是，叹气也不是，只好不去想吧！

今年四五月的时候，心境沉闷，想作些翻译解愁。到苦雨斋和岂明老人商量，他说若使用英汉对照出版，读者会更感到有趣味些。我觉这法子很好，就每天伏案句斟字酌地把平时喜欢的译出来。先译十篇，做个试验，译好承他看一遍，这些事我都要感谢他老先生。

本来打算每一个作家，都加一篇评传，但是试写兰姆评传，下笔不能自已，写了一万字，这样算起六篇评传就占六万字了（当代小品文四篇，本不拟作评传，只打算做一篇泛论当代的小品文），比翻译还要多两万字，道理说不过去，所以也就不做，等将来再说吧。

所加注释，除原文困难的地方以外，许多是顺便讨论小品文的性质同别的零零碎碎的话，所以有不少赘言，不过也免得太干燥，英文程度好，用不着注释的人，也可以拿来看看。

译这书时，我是在北京马神庙西斋；现在写这些话时，人却在真茹了。而且北京也改作北平了。

译得不妥的地方，希望读者告诉我。

梁遇春

一九二八年九月五日

哥尔德斯密斯

黑衣人[1]

我虽然爱和人们认识，却只愿意同几个人弄得很熟。我常常说的那位黑衣人是个我喜欢同他做朋友的人，因为我很钦重他的人格。[1]真的，他的态度沾染些奇怪的矛盾色彩，他可以说即使在以举动滑稽出名的人民里也算得上一个举动滑稽的人。虽然他慷慨到像浪费，他在人前却假装是个鄙吝鬼。不管他说多少顶下流自私自利的话，他的心是满涨了无限的爱。我看过他自认是个人类的厌恶者，当时他的脸却因为同情于人们红得发烧；他面容现出怜悯柔情的时节，我听他口里却说脾气顶坏的人所说的话。有人假装仁爱、人道的样子，还有自夸生来具有这副柔软心肠的，他倒是我所看见

① 这篇所描写的“黑衣人”就是哥尔德斯密斯自己的人格。——译者注

唯一的人，好像会对自己天然的慈心觉得害羞。他遮盖这情感的努力不下于那班伪君子存起本来的冷心肠的费劲。可是在不留心时，他这假面具丢下来了，就是最糊涂的人也会看出他的真相。

在近来到乡间的旅行里，有一次我们偶然谈起英国对贫民的救济，他好像很惊奇为什么竟有人会心地柔弱地去救济那路上碰着的可怜人，因为法律对他们的生活已经供给得这么完备了。他说："在每个区立穷人院里，穷人都有衣、食、火同睡的床铺，供给得很完全；他们不至于有什么别的缺乏，就是我自己也不想要什么旁的东西。但是他们好像还没有满意。我真奇怪为什么长官不管他们，不把这班连累勤作者的游荡汉关起。我还奇怪天下找得出去周济他们的人们，因为人们同时心里一定会明白，这样干有些像鼓舞人去懒惰、浪费同做假。若使教我去对一个我稍稍有点关心的人说，我一定劝他千万留心不要给他们的假理由哄住。先生，请相信我的话，他们全是骗人的，他们值得关在监狱里，不接受我们的援助。"

他正要这样继续往下说，严肃地劝我不要犯那我实在不常犯的毛病，一个身上挂着破烂的绸衣碎块的老人来求我们的怜悯。[1] 他要我们相信他不是普通的叫花子，他为着要养活一个将死的老婆同五个饥饿的孩子，被逼到干这可耻的生涯。我对这类假话，心里早不相信，他的话不能感动我。但是这套话对黑衣人的影响就大不相同了；我看出他脸孔发生变化，最后这故事打断他那滔滔不绝的演说。我很容易看出他心中热烈地想救济这五个饥饿的小孩，但他不好意思在我面前显出他的弱点。当他的同情和自尊两种情绪相冲突、犹疑未决的时候，我故意向别方看，他就趁这机会给了这可怜求乞人一块银洋，同时为着说给我听，他故意教他去工作谋食，不要再拿这无聊的大谎麻烦走路人。

他以为我一点都没有看见，所以我们走时，他还继续同起先一样愤怒万分地骂叫花子；他插说些自己惊人的谨慎同俭省的故事，和他点破装假的大本领。他解释若使他做了长官，他对叫花子的办法是怎么样，露出他要扩张监狱来收容他们的意思，并告诉我两件乞丐抢妇女东西的故事。他刚要说第三样相同的故事，一个用木腿走路的水手又走到我们面前，希望能够得到我们的怜悯，祝福我们两腿的健康．我打算走过去不睬

① 可见这个乞丐是个穷困无以聊生的浪子，所以还穿着烂破的锦绣衣服，下面所说甚多，为妻子故才出此下策，自然是句谎言。——译者注

他，但是我这朋友仔细地看这可怜求乞人，请我站住，说他要我看他多么容易无论什么时候都能揭穿这类欺骗者。

所以他用一种严肃的脸孔，不高兴的声音开始盘问这水手，问他是为了干什么事弄得这般身体残缺，不能再执行他的职务。那水手也同样含着怒气地答道，他从前在战舰上做军官，为保护这班在家里没事干的人，在外面打仗把腿打坏了。听这话，我朋友的那种傲慢态度立刻完全消失了，他没有话再问，他现在只研究他用什么法子能够偷偷地周济这水手。这事倒不大好办，因为他不得不在我面前保持那坏坯子的面孔，却又要设法去救济这水手，以此来救济他自己心中的苦痛。所以他对这个人挂在背后、绳子穿着的几包火柴凶凶地望了一眼，我这朋友问他的火柴卖什么价钱，不等他回答，声音粗暴地向他要一先令的火柴。① 水手起初对他的话好像有些惊奇，一会儿心里明白，将所有火柴都给他，口里说："先生，请将我所有的货都拿去，此外我还送你一个祝福。"

我这朋友带着这新买的东西往前走，那种得意神气是描

---

① 火柴是非常贱的东西，几个便士就可以买许多，自然用不到花一先令来买，而且在十八世纪先令的价值比现在为贵，所以几包火柴用一先令来买，就是等于给他一个先令。水手起先不明白黑衣人的动机，后来镇静一想，才知道他故意以买火柴来掩盖这慈善的行为。——译者注

写不出的。他对我说他坚决相信肯以半价出售东西的人，他的东西一定是偷来的。他告诉我这种火柴各种不同的用处，还说一阵用火柴燃洋蜡比将洋蜡拿到火炉里点会多么节省洋蜡。他用劲地说，若使没有什么对他便宜的地方，他绝不会拿钱给这班流氓，同他不至于拔下牙齿送给他们一样。我不知道他这对俭省同火柴的赞美要往下说多久，若使他的注意不转到一个比前面两个更悲惨的情形上去。一个衣服褴褛的妇人，手里抱个小孩，后面背一个，勉强地唱些小调求乞，她的声调是这么凄凉，听的人分不出是唱还是哭。[①] 一个可怜人在深深的苦痛里，却要强为欢笑，这情景我的朋友绝对忍耐不下，他的高兴同谈话即刻停住了，这回他也忘记去扮假面目了。甚至于当我面前，他立刻伸手到衣袋里去掏钱来救助她。当他发现他带在身边的钱已完全给从前两个了，读者，你猜一猜他那时焦急的样子。那女人脸上现的哀容赶不上他面上苦恼的一半。他继续掏了好几次，都没有达到目的，等到最后他自己记起，用种说不出的和蔼态度，他将他那值得一先令的火柴送到她手里。

① 英国穷女人常在街角屋旁，唱着歌谣小调，向行人要钱，有时还弹奏手风琴和着。——译者注

亨特

更　夫

看我们这四便士一份的议论[①]的读者，用不着通知，自然晓得我们是没有家车的。我们爱看戏，又有几个不小心的朋友时间越迟，越玩得高兴，一直到晚上一点钟才止，结果我们变作深夜回家的步行大家，所以我们和更夫、月夜、泥土的光，同这有趣时候别的东西都非常熟识。很侥幸，我们本来爱夜里步行。这样的事不一定对身体有益，但是这并不是时间太迟的罪过，是我们的错处，我们应当生得强壮些；因此我们要客客气气地由这不得已的情形中找出我们所能得的好处。这是“大自然”奇怪的一点，我们所知道她最和蔼可亲的一个地方，当你向四面一望，又明白了那时的情境，

① 亨特这篇文章载在他所办的叫作 *Companion* 的小报上面。——译者注

若使你心里是快活，这一看就可报偿给你许多趣味。“大自然”是一个大画家（艺术同社会也是她的作品），若使对她极细微的一笔能够鉴赏感动，我们快乐的材料就丰富得多了。

我们也承认在二月晚上步行回家有好多地方会被人指摘，说有毛病。旧伞有它的坏处，泥土同大雨的量可以超过好景致。把一个软的泥块错当作硬的，弄得满鞋是土，特别在出发时候，无论如何，要算作使人难堪。然而你应当穿长靴。的确伦敦街上有些事情，无论什么哲学也不能把它变作可爱；那类事情说起来太严重了，不合在我们这纸上讨论；可是我们要声明，我们走的路程带我们离开城市。我们所走的街道同近郊绝不是最糟的。然而就在我们走的地方，若使我们要伤心，也有伤心的可能。我们走到乡下走得愈远，我们会觉得愈疲倦。若使我们完全是陪朋友走，我们不能不承认（我们的一位朋友就有过这样的情形），两只酸痛脚上的慷慨会使人感到为善本身就是快乐这句话用的地方不能普遍[1]，同时我们可以很有理由地“诅那班舒服的人们”，他们窗上的灯光照出他们正到暖和的床铺去，互相说道——“今

① 就是“慷慨”的化身，两脚酸痛，却要陪人走路，恐怕也会不高兴吧。——译者注

晚在外面走的人真苦呀”。

假设我们的健康同别的安适的准备都还可以，我们可以说，你若想去找些好处，夜行回家也有它的好处。最苦的部分是在出发的时候，大门把同你分别的慈爱脸孔遮住的时候。但是他们的话同面容有时却可以带你好好地走一大阵的路。我们经验过一句话够我们想了整个归程，一个面容使我们做梦似的走到家里。譬如由一个正在热恋中的人看来，没有道路是坏的。在大雨昏黑里面，他只看见一个脸孔，就是在暖和房子灯光底下所看的脸孔。这总是跟他走，在他眼睛的前面；设使世界上顶可怜的憔悴脸孔忽然现在当前，用这对爱情最可悲的嘲笑来吓他，他为她的缘故也会仁爱地看待。但是这一大阵话是用靠不住的事拿来当大前提。一个爱人压根儿就不走路。他既尝不出走路的快乐，也不知道什么苦痛。他踏着云走，在好像严酷苦痛的环境里头，他有一条光明的路，铺着天鹅绒让他皇帝一样地走过。

回过来，让我们像普通的人谈一谈夜行吧。深夜的好处在于什么东西都静默着，人们熟睡在床上。全世界因此有一种恬静的气象。情感同思虑现在全睡得同死的东西一样地安定。人们像房屋同树林不动地躺着，悲哀是停止了，你心里打算只有爱情才清醒吧。请神经灵敏的读者不要害怕，我们对应当奉为神圣的东西[1]不想侮慢；我们在这时候所想的既然全是最好的，我们所说的爱情也是最纯洁的；不是那种合法或者不合法的没有真心的爱情，只是那配得上跟星光同时醒着的。

至于那些焦虑呀，帐中说法呀，同这类伤害夜里安宁的事情，想到它们，我们特地记起诗人等等说的嘉言，什么“甜香的安眠”呀，“创伤的心的慰抚”，同“悲哀的疲倦送人到忘却一切的境地”这类话。大多数人在我们说的这个时候，一定是教堂似的安息；其余呢，我们也是为这大多数的利益没有去睡的工作者[2]；因此我们有特权可以暂时忘记他们。唯一引起我们留意到他们的东西是那红灯，远远地照在药铺门口的上头；这灯发光时候，使我记起这大多数若使要得救助，可以来这儿找。我现在看见那医生脸色苍白，眯着眼睛，压下那对把他叫醒的学徒的不合理的生气[3]，迷迷糊糊

---

① 不论是经过法律手续或者没有经过法律手续也好，只要是真心相爱就是神圣的婚姻了。——译者注

② 亨特晚上出去闲逛，观察夜间景色，描写来供读者鉴赏，所以他可算是一个晚间工作的人了。——译者注

③ 医生被徒弟叫醒，心里一团不高兴，想向徒弟发脾气，但自己知道这不是徒弟的错，所以只好吞下气了。——译者注

走出房子，声音粗哑，穿件大氅，私下打定主意用圣诞节开账要钱时数单的甜蜜来报偿他这刻的辛苦。[①]

这么说下去，我们要说太多房子里面的事情了。这时候野鸡马车全离开他们常站的地方，这是他们今天挣到钱的一个好现象。几个厨房的燃屑中，到处可以听到蟋蟀叫。一条狗跟我们走。没有法子可以使他“滚开”吗？我们躲避他，白费了力气；我们跑着，站住对他“嘘”；禁止时还带着劝诫的姿势。我们拐一弯，他还在那里缠绕我们的衣裳。他简直逼得我们愤怒地怀疑我们不让他随我们到家，他会不会挨饿。若使我们能够弄跛他而不带一丝残忍，若使我们是地方管事人，吏役或者卖狗皮的人，或者一个想狗是不必需的经济学者，那是多么好呀！[②]啊，好，在基角上他拐弯了，走去了；我们看见他身体消瘦龌龊地在远处飞跑，心中却难过得很。但是这不是我们的错，他走时候我们并没有嘘他。他这样离开去是很侥幸的，他把我们的快乐变作狼狈两难的情形；我们这篇“文章”会不知道怎样处置他好。这些

① 英俗各店铺在圣诞节收账，所以他们的圣诞节等于我们的除夕。——译者注

② 这是讥笑那班经济家无论对什么事情，只看有用没有用，全不想到别的方面。——译者注

困难情形，有同情心的人都很容易遇到。现在我们再走我们的路，独自孤单地，因为这时除开我们从来不会忘记的渺茫朋友——我们的读者外，我们没有别的伴侣。把自己的手臂插在别人手臂里，已经不是要想法子才能快活的步行了。因为那已经是很好了。一个步行的同志就可算伴侣了，可以等于你才离开的那群朋友；一路有说有笑，用不着什么奋斗了。但是要孤单单地在凄风冷雨里走一程长路，这才用得到毅力同耐性支持着；于是我们穿上长靴，紧紧扣起衣衫，撑着伞，雨滴打到伞上，灯光照小沟发亮；还有“泥块的光”，一个艺术家，我们的朋友，常常一团不高兴地说这两字。现在，步行不能找一个再坏的环境了，但是若使你高兴地干去，这些麻烦都不值什么。打倒个障碍本来是个快事，仅仅动作已经可得快乐，想象更添上许多趣味，血脉的加快流转同精神的努力活泼互相影响，渐渐地使你气壮，心里觉得胜利。每回你踏了一步，于你的脚你会有些敬意。伞拿在手中像个咆哮的战利品。

我们走到乡下了，雨雾过去了。我们碰着我们的老朋友，更夫们，他们大概是身体肥重，态度安闲，什么也不关心的样子，整个人衣衫的成分比身体还多，好像想什么，实在又并不想什么东西，年纪很老而不会叫人见而生敬，一点用处也没有。不，他们不是没用，因为住在屋里的人想他们是很中用的，他们的用处也就在给人以这种思想。我们并不像往常那样可怜更夫。老年人多半不注意按时的睡眠。他们在床上或者还睡不着，可是在床上他们不能够挣钱。他们所能得的睡眠或者因为是在更棚里偷偷地得来的，所以特别甜蜜[①]；他们自己觉得很重要，对住户有各种特权，还加上他们的大氅同更棚，难怪他们自视是个“人物”。他们在个人职业外，加上这公家的职务。汤金斯同他们一样做补鞋匠，但是他却不是更夫。他不能够谈“夜里的事情”，也不能“用皇上的名字叫谁站住”[②]。他没有得孱弱的老人家同醉汉的小钱同感谢；没有说，“让先生们走过吧”；他不是“教区的人员”，教堂里的执事不对他说话。不管他如何常排在这“大洋铁匠”面前，他绝不会问，“汤金斯，你好吗？”——“一个老年安静的更夫”。莎士比亚时代，更夫是这样，现在更夫还是这样。老年，因为他没有法子能够不老；安静，若使

① 更夫晚上应当清醒，在更棚里偷睡，自然是一种违法的痛快事情。——译者注

② 更夫晚上遇着行人，就用这句话叫他站住，盘问后才放他走。——译者注

能够不安静，他也不愿意；他的目的是要办到四处都是寂寂的安宁，他自己的心也包括在内。所以他叫钟点并不叫得太大声，也不故意捣乱地说得太清楚。没有一个人会真听到叫"三"点，心里害怕，睡得不稳。他说的声音，听的人们觉得怎么解释合适，就可那样解释，三点，四点，一点都行。

就是更夫里也有性格的分别。他们不只是大氅，笨大的躯体同满不关心的神情。却说，他们普通所想的是什么呢？他们由一点钟到两点，两点到三点一直下去，怎么样来变换他思想的单调呢？他们是不是把自己同没当差事的补鞋匠比较，想明天午餐吃的是什么东西，回忆六年前自己的情形，嗟叹他们的命运是世上最苦的（无聊的老人常爱这样想，为的因此可以享那发牢骚的快乐），或者想起在小钱外还有别的利益，安慰自己虽然不在床上他们的老妻却安歇着？

关于更夫的特别性格，或者说不同的性格还好些，我记得几个。一个"公子式的更夫"，他在牛津街公园邻近走来走去。我们称他是公子，为的他说话的声音与众不同。他说话半吞半吐，past 这字中间的 a 当 hat 这字中间的 a 念[①]——说话以

① 纨绔子弟、时髦人物说话时故意装出一种特别腔调。——译者注

前，先预备地咳一下，等一会才说出他的“过——了——十——点”，那文雅的不留心样子[①]，好像只讲他也觉是这时光吧。

另一个是铁打的更夫，他也在牛津街向着汉诺瓦广场巡行，他声音似喇叭的响亮。他除声音外没有别的奇特处，不过在更夫有一些特别处，也就算难得了。

第三个是在柏底福广场叫更的，他的叫声简短洪大得奇怪。那时候他们这班人有一种新时髦，就是略去“过了”和“点钟”几个字，只唤出数目来。我不知道我对从前一个晚上事情的记忆是否完全属实，还有没有我以后想象中可能的成分杂些进去；不过我的印象是当我同一位同学在基角拐弯到广场的时候，正在谈论同弯数目的关系的问题，我们忽然好像得到答案地给一个简短颤动的叫声——壹——吓着了。这一段应当放在页底，这个“壹”字也当突然地印在纸角上。

第四个更夫是一个非常特别的怪人，一个看书的更夫。他有一本书，借他灯笼的光念着；可是他不能给你快感，反使你替他难过。将一个居然有想象力打算赶丢愁闷的人搁在这许多困苦缺乏之中，真像件残忍事情。只有一种懒洋洋毫

① 时髦人爱排出无精打采，什么事也不足关心的样子给人看，以显他是个超乎一切的角色。——译者注

无思想的样子，才同更夫合式。

但是最古怪的是一个溜行的更夫。试想一下在严霜深冬的道上走着，沟里有长条的冰，上面雨雪霏霏，再画一个像白袋子的人，手里拿个灯笼，遮着雨伞，向你滑溜过来。这是苦工同享乐，青春和老年最奇异地混在一块！但是这种结合使人看得高兴。什么事只要能够带劲有彩就好；我们这壮健不屈的更夫倒似拉伯雷[1]书里的人物。“时间”像个山羊给他赶得东奔西跑。他这一溜仿佛可以溜过整个半夜；他兴致一来，就由他的更棚同那陈腐的势力里溜出，好像在那里说，“什么事情全靠着心境——现在我这职务的全部压迫一些也没有了”。

可是我们走近家了。树林多么寂静！旷野睡得多么甜蜜！这条往上走的花径配着那寒冷的白色天空，现出多么美丽又严肃的夜色！小心的居民同安置在离他们大门一里路内的好多更夫同巡查向我们祝“早安”——这句话没有我们有意把它当作得那么客气；因为我们不该在外面逛得这么迟，

① 拉伯雷(Rabelais)，十六世纪法国文学家，他最善滑稽同讥讽、荒诞不经的故事；这个更夫浪漫古怪，所以说配放在Rabelais书里。——译者注

这班像父亲式的老头子擅自拿这句带讥讽话来提醒我们。有的家禽本来很奇怪地栖在树上，我们走过时鼓翼飞去；别的站在山上，毫不退让；还有几个在平地上跨行；在那个地方，那个同我们有特别关系的窗子里有那个我们所熟识的光，那是屋里恳挚亲爱的人的眼睛——人们的家庭。家庭，这个字对每人所引起的感想是多么不同，然而又多么普遍地感动人心，它是多么一些不错地将每个人安放在他自己的巢窝里！

皮尔·索尔

玫瑰树

这位老太太对她园里那株大玫瑰树总是很自夸，老爱说给人听，这株树是怎样由一个砍下的枝干长大的，那枝干是在好几年以前由意大利带回来的，当她才结婚的时候。她同她的丈夫坐马车由罗马回来（这是在发明火车时期以前），在丝莺娜南边，一段不好的道路上，他们的车子坏了，他们不得不在路旁一个小屋里过夜。房里的设备自然是很马虎，她整夜没有睡好觉，很早就起来，围着东西，站在窗前看朝阳，那时凉风向她脸上吹着。经过了这许多年，她还记得那明月底下的青山，同在很远的一座山峰上的城镇怎样地渐渐地变成白色，等到月亮看不见了，那高山给上升的太阳的红光照着，忽然间那城镇像点着火地发光起来，一个窗户跟着一个窗户抓到、又反射出去太阳的光线，最后全城在空中闪烁着，辉煌着像一窝的明星。

那天早上，当他们知道马车正在修理时候他们要等着，他们就坐地方用的车到山上那个城镇去，据说在那里他们可以得到更好的住所，在那里他们就滞留两三天。这是意大利小城之一，有高耸的礼拜堂，傲慢自得的大方场，几条狭窄的街道同几处小小的宫殿，整整齐齐稠密地栖止在山巅上，城墙围着一块比英国菜园大不得多少的地方。但是这城充满了生命同嘈杂，整天整夜地回应出人们脚步同说话的声音。

他们所住的那个简朴小旅馆的咖啡室是那小城里名人聚会的地方：市长、律师、医生同几个做旁的事情的人。他们注意到里头有一位面貌秀美、身材瘦长的好说话老人，他有一对发光的黑眼睛和雪白头发——体格高而直，还带着少年的态度，那侍者很得意地告诉他们这位伯爵是个年纪很大的老人——真的，第二年就要八十岁了。他是他家里最后剩下来的一个人，侍者继续说——他家从前是很有声望、很富的，但是他没有子孙；真的，那侍者很愉快地说，好像这是个那地方人民觉得很荣耀的故事，说这位伯爵曾经失恋过，从来没有结婚。

但是，那老绅士却很高兴的样子，一看就知道，他对于生人感觉有趣味，想和他们认识。这个和蔼的侍者立刻替他将这事办好，谈了一会，这老人请他们到他的别墅同花园去逛，那正在城镇的城墙外面。所以第二天下午当太阳开始下降，他们由门口窗口瞥见棕色的山上已经有蓝的影子在那里开展着的时候，他们去拜会他。那别墅并不大，一个近代式石灰墙的小别墅，连着一座铺着石卵的花园，里面有一个石池，养些无精打采的金鱼，还有一个月神像，旁边刻着她的猎狗，都靠着围墙。但是使这个园光荣显赫的是一株伟大玫瑰树，这树爬到房子上面，差不多把窗口塞满，使空气充满了它的芬芳。当他们赞美这树的时候，伯爵得意地说，这确是一株好玫瑰树，他要同这位太太谈这株玫瑰的故事。当他们坐在那里，饮那他请他们喝的酒的时候，他用种老年人快乐的不关心的态度提到他的情史，那随便的样子，仿佛他以为他们已经听过了。

“那位姑娘住在那山过去的谷里。那时我是个青年，因为这是好些年前的事情。我常常骑马去会她；路是很长，但是我骑得很快，因为年轻人总是性急，这点太太一定知道。然而那姑娘心肠很硬，她要让我等，啊，好几个钟头；有一天我等得好久，生气了，当我在那她告诉我她要和我会面的园中踱来踱去的时候，我折断她的玫瑰，折了一枝下来；当我看清我所做的事情，我把这枝存在我衣服里面——像这样子；我回家时，就将这枝栽下，太太，你看现在长得多大了。若使太太赞美这玫瑰，我一定要送她一枝，也栽在她的花园里；我听说英国有美丽绿色的花园，不像我们这给太阳烧焦了的花园。”

第二天当他们修理好了马车来接他们，他们正开始由旅馆出发的时候，伯爵的老仆人拿着清清楚楚包好的折下来的玫瑰枝走来，说她主人祝他们一路快活平安。镇里人聚集着看他们出发，小孩们跟着马车跑，跑过小城的城门。起先他们听见后面有匆忙脚步的声音，但是不久他们深深进到山谷里面了；那小城同里头所包含的嘈杂和生命高高地站在那山巅。

她将这玫瑰栽住家里，这树老是生长发达得奇怪。每年六月时候，那一大堆的枝叶还是送出充满香气同红色的热情华丽气象，好像在树根树心里还燃烧着这位意大利爱人的愤怒同失望。自然，这位老伯爵一定是死了好几年了；她忘却他的名字，而且起先在早上看见在空中闪烁着像一窝的明星，后来她住在里面的那个山上小城，她也忘记是叫作什么名字了。

赫德森

采集海草之人

太阳下山时候，海里吹来的烈风开始使人感觉到寒冷，我站在个沙丘顶上，看下面一个老妇人在低湿的地上匆忙地走来走去——那是一块近海的平地，隔个沙陂就是海；我心里觉得很奇怪，因为她的样子是个衰弱的老妇人，但是她走动——我差不多要说，飞动——过那平湿地面的样子是轻快得出奇，有时停住弯下腰，由地面捡些东西。可是我不能够看得很清楚，使我自己满足：太阳正落到水平线下，空气的朦胧同日暮的冷风，当这又是年暮时候，把一切东西都弄模糊了。走下到她那里，我看出她是个老年人，没有戴帽子，头上有稀少灰白的头发，脸孔瘦黑，形容端正，灰色的眼睛并显不出老气，她不动地瞧着我，这种神情使我忽然间感到一种莫名其妙的悲哀。因为那是没有笑容的眼睛，表现出一种说不出的悲情，头一下瞥见时，我是这样觉得，或者她现在并不悲哀，那不过是悲哀留在眼睛里的一个影子，当一切人生的快乐同兴趣，跟着一切的情感全舍她了，她也不再怀着什么回忆同希望了。这或者只是我的瞎猜同幻想，但是若使她是个由别的世界来的人我也不会觉得更奇怪。

我问她这么迟的时候在那儿干什么，她用种悄悄地没有什么高低的声音（那声音里也带了影子）回答说她是采集那生在平坦盐泽的海草，那草的叶子像葱，暗绿色，汁很多。她告诉我这时节刚好采集来腌着，搁起来整年都可以用。她带个桶子来装这草，手里拿一把餐刀，把小树连根掘起，她还有一个旧布袋，她碰着的每条干树枝同柴碎都丢在里头。她还说她每年八月底在这同一地方采海草已经好多年数了。

我将我们的谈话延长下去，问她许多话，对她那机械式的答话故意有趣味地听着，同时我却想法去探测这对不含笑容、没有人气、不动地望着我的眼睛。

我们谈不久，一阵嘈杂的人声传到我们耳朵里，我们半转过身来，看见一群（说一队还好些）打棒球人由那沙丘旁边他们吃茶的棒球房里走来。女的同男的打棒球人，四十个左右，零零落落的，有一对同行，有几人一组，朝着那边海滩上的“棒球旅馆”走；这是一群非常漂亮的人物，肥肥的快乐脸孔，衣服很讲究，高兴得很的样子，随随便便谈天说笑。有些在旅馆里住，其余的人，有二十来辆汽车在旅馆门口等着，预备送他们回到内地的家里，或者他们暂住的房子。

当他们在离我们站的地方三码以内走过的时候，我们的谈话暂时停止了，他们走后，我心中记起他们午后游玩的那块沙丘的历史。那块地方是属一个很老的世家，有人说，从诺曼民族征服英国的时候起，他们就占有这块地方；但是这家家长现在穷了，没有房产在伦敦，没有煤矿在威尔士，除租给人耕种的二三万英亩田外，没有别的收入来源。实在说起来，就是这样子他也不会穷，若使没有那班儿子，他们爱城市里的快乐生活，在那里他们或者有私房子。最少，他们养有比赛用的马，自已有汽车，天天在最好的俱乐部过活，年年他们要这忍耐的老父替他们还赌债。把这么可敬的家长处在这样情形中，这真是苦痛的地位，他的朋友邻居都很可怜他，说他是那郡里最好最老的世家的一个好代表。但是他被逼到不得不尽他的能力弄成个出入相抵，他因此所干的小事之一就是建设这沙丘上面一英里来长的棒球场，位置在海同沿海的老村中间，还盖座棒球旅馆，吸引各地的来客。这样子偶然地把村里人到海最短的旧路截断了，那个荒野的沙丘，从前可以算是他们的空地同游戏场，他们当公地用已经好几百年了[①]，现在也由他们手里夺去。人们警告他们，吩咐他们到海岸要用另一条路，那路由乡村走起要走半英里多。而且他们一向是驯良听命，没有露过怨声。真的，那管理田地的人要他们相信，他们有许多理由对地主应当感谢，因为偿补他们所受的些许不方便，他们有打棒球人在这里，有些村里小孩会被雇去做拿珠棍的差事。然而我看出他们并不感谢，只是以为他们受了人们的欺侮，这件事使他们痛心。

当打棒球人流水般走过时候，我记起这么多事情，心中想不知道这个可怜妇人会不会和她的同村人一样对这班人秘密地怀一种恶感，因为他们剥夺了村人们沙丘的使用权，在那松松的黄沙上面，荒草丛中步行，闲坐或者躺着，村人已经养成这个习惯好几代了；他们又截断村人到海最近的路，那里村人每天去找些柴同海浪抛上岸的一切东西，这些对他们穷苦的生活都有帮助。

① 英国于城市、乡村，皆有公地，供人民随便使用，这样的地就叫作common。——译者注

我暗自忖着，若使她会存些恶感，那看到这群高兴快乐的打棒球人向着他们的旅馆、汽车同奢华的家庭走的时候，这一对不变的眼睛一定会有变化。

但是我虽然很近地注意她的面容，一些变化也没有，就是恶感或者任一情感的顶微痕迹也找不出，只是以前在眼里的悲哀影子还在那里，她那固定的眼睛好像一个囚着的鸟兽的眼睛，注视着我们，然而又不像是看我们，倒是像看穿过我们，看到我们背后的东西。他们都走过了，我们也谈完了，我把钱放在她手上，她的神气老是那样子；她没有笑容地对我道谢，那悄悄地没有什么高低的声音同她答应我问她关于海草的问题时是相同的。

我又走那山顶，向下望又看她像我起先看她一样，不过更模糊些，轻快地像飞蛾或者像鬼魅行动着或者飞动着，在那低平盐田上面，还在冷风里采取海草，那时我心里想的是，这个我正看见、起先对谈过的人是一个非常像鬼的人，无论如何是一个描写不出的灵魂，像风景画家没法描摹只好置之不理的一种水天大地所生的空气气象一样。为自卫起见，风景画家练出一种本领，叫作“眼力的迟钝”：可以说他用手指塞着耳朵，免得听到那跟着他、讥笑他可怜的有限能力的嘲笑声音。用笔来传达印象的人是差不多同样地不能成功：像上面所说这件事，尽他力之所能只是努力将他当时心中所引起的情感传达出来。

让我现在说一种人，他练习他的眼睛（不如说他的眼力不知不觉里自己练习），他要由他所碰的多数脸孔里去探出些他们的内心生活，不管多么微小。这样人不能够走完司特能街同弗立街或者奥士福街，而不很惊奇地遇着一种脸孔，那里面所包含的悲剧同神秘分子和那半露出的奇怪消息会缠绕他的心中。但是这印象不会盘占他的思想很久；另外一个使他不得不注意的脸孔跟着来，一会儿又有一个，这么多的印象不久却全由记忆里消散去了。可是有时，隔了好久时间，或者五年一回，他会逢着一个脸孔，老是缠绕他心中，那显明的印象好几年都不会丢失。这种脸孔同眼睛和我那清冷的黄昏所碰的采集海草的女人是同类的，但是那里面的神秘始终还是个神秘。

斯梯尔

毕克司达夫先生[1]访友记

有些人有许多快乐同玩意儿在他们的手头，他们自己却没有享受。所以有谁把他们本有的幸福说给他们听，使他们注意那容易忽略的好运气事情，这倒是一件仁爱的好事。结婚了的人们常需要这么一个教导者；他们看着自己的单调不变的生活情形，悲闷着喃喃埋怨，愁苦地度过他们的时光，但是由别人看来，他们的生活却包含着人生的一切快乐，又是远离人生各种苦痛的躲难所。

我所以想到这点是由于去拜会一个老朋友，他是我的旧同学。前星期他同家眷到城里来过冬[2]，昨天早上他打发

① 这是 Steele 编 *Tatler* 时用的假名。

② 英国有钱人家多半夏天到海边或山上去避暑，冬天就到大都会去过冬，因为那时候城里特别热闹。——译者注

人来，说他的妻子请我去列席宴会。我在他屋里同在自己家里一样随便，他们一家人都知道我心里是希望他们好的。我到的时候，孩子们是那么高兴地来迎接，我当时的快乐真是说不出来。当他们猜出打门者是我的时候，他们争先恐后跑出来；跑输了的小孩赶紧回转去告诉他的父亲，说毕克司达夫先生来了。这回是一个美丽的小姑娘带我进去，我们起初以为她一定不认识我了，因为他们一家不到城来已经有两年。她居然还认得我，这变作我们谈天的一个大题目，我一进门就谈这件事情。这说完了，他们和我开玩笑，说出成千成万关于我同一个邻人的女孩结婚的小故事，这些都是他们在乡下听到的。那位先生，我的朋友，就说："不对，若使毕克司达夫先生娶他朋友的女孩，我希望我的孩子会优先被选；这位玛利姑娘现在十六岁了，嫁给他将来定可做个再好不过的孀妇。但是我十分知道他，我晓得他的心给我们青年时节那班社会之花的影子迷住着呢。他对现在的美人连瞧一眼都不瞧。老朋友，我记得当宅拉敏达[①]占住你的心时，你一天中多么常常回家去洗脸换衣服。当我们来城坐在车中，

① 这是个意大利的名字。十七八世纪的文人爱用意大利名字来叫他们所喜欢的女子。——译者注

我还背诵出几首你赞她的诗，给我妻子听了。”这样子回想些久已过去的零碎事情，我们快乐地吃了精美的大餐。吃完了后，他的太太同小孩们全都离开房子。他们一走去，只有我们两个人在的时候，他就拉着我的手，说：“我的好朋友，看见你，我心里非常愉快；我曾担忧过你也许不能再和我们全家像今天吃饭这样相会了。你觉得我们这好主妇同你从前由戏院出来跟着她走去、替我找出她的姓名的时候，有什么变更没有？”他说话时，我看见一滴眼泪由他的面颊流下，这很感动了我。因为要故意转过话路，我说：“她同从前实在有些不同，那时她退还我代你送的信，口里说道，因为她是上等社会人，她希望我不要再被人利用来和她捣乱，她并未曾得罪过我，请我好意劝那位朋友不要再干这万不会成功的事情。你或者还记得，那时我以为她所说的是出于真心；你于是不得不找你表哥老威设法，他教他的姊妹为了你同她结识。你不能希望她老是十五岁那么年轻。”“十五岁！”我朋友答道，“啊！你这过独身生活的人[1]简直不能了解真真被人家爱的快乐是多么广大而甜蜜呀！天地间最美丽的面貌，

① 凡是作小品文章的人，多数都装说自己是个单身汉而且是饱经世故的老人，因为单身汉同老头子对于一切事情常有种特别的观察点，说起话来也饶有风趣。——译者注

不能像我看到这好妇人的时候似的，在我心中引起同样的快感。她脸上颜色的衰老多半是因为我生热病时她看护着劳苦了的缘故。跟着她也病倒了，这病去冬差一点就要把她带走。我老实告诉你，我感激她的地方太多，我对她现在的健康免不了万分关心。至于你所说的十五岁，她现在每天给我的快乐，是从前她美丽还在我也年富力强的时候，我所没有尝到的。现在她每时刻给我新例子，证明她是多么顺从我的癖好，对我的家产是多么节俭留心。由我的眼睛看来，她的容貌比我头一次看她时还美；她脸上的衰老处，我都能由现出那时候，说出这是哪一回她对我的安宁上的大关心所引起的。所以同时我觉得从前对那过去的她的爱情是被我对现在的她的感谢增加热度了。妻子的爱和平常一般叫作爱的无聊情绪一比较，有雅人的秀美微笑与小丑的粗声狂笑的不同。啊！她是无价之宝。她管理家事，只怕找到别人的错处；这样子她使仆人像小孩一样地顺从她，我们最低级的仆人做错了事，都有自觉羞耻之心，那在别家小孩子里有时还找不出。我坦白地对你说，老朋友，从她那回病后，以前给我极端快乐的东西，现在倒使我烦恼。譬如小孩子在隔壁房子玩的时候，我由那脚步的声音，认出是这班可怜的小孩，心里就盘算，若他们在稚年失去了母亲，他们怎样办呢？以后我讲打仗故事给男孩听，问女孩洋囡囡的现状，同它和她谈了什么话没有等各种快乐全变作心里的思虑同愁闷了。”

他正要这么悱恻地往下说，我们的好太太进来了，面上现着说不出的甜蜜告诉我们，她刚在自己房里找些非常好的东西，来招待像我这样的一个老朋友。她丈夫看她笑容满面，喜欢得眼睛发光，我看见他的恐惧立刻烟消云散了。这位太太由我们脸上的神情觉察出刚才我们有特别严重的谈论，看了她丈夫的强为欢笑，很担心地同她招呼的样子，就立刻猜出我们谈的是什么东西，微笑地向我说：“毕克司达夫先生，他告诉你的话，一点也信不得，若使他对身体只管像到城以后这么不小心，我真是常常允许你似的，可以活到再嫁给你。你要知道，他对我说他觉得伦敦这地方比乡下更卫生得多；因为他看见有好几位老朋友旧同学在这里还是很年轻，美丽的假发后面有着满头的真发[①]。今早我差不多不能阻止他打开胸扣[②]到街上去。”我的朋友一向非常爱她这种

① 十八世纪上等社会的人，都戴着假发(periwig)，所谓full-bottomed，就是在假发里面有满头的真发。——译者注

② 胸前没有扣紧，故意学年轻人的样子。——译者注

有趣的滑稽，便叫她陪我们坐下。她态度雍容地坐下，这态度是聪明女人特别有的；为着要保持她带来的快乐空气，她转过来同我开玩笑。“毕克司达夫先生，你记得你有一夜从戏院里跟我一同出来的，你明晚带我往那里去，领我去前排坐，好不好？”这话引起了我们大谈一会现在已经做了母亲、而二十年前在戏厢里出过风头的美人。我同她说：“我看着很高兴，她把她的许多美丽传了下来，我相信无疑，在半年之内她的大女孩子一定会变作被人举杯祝饮的姑娘了。”①

我们正在把这位姑娘的幻想的高升拿来说笑，忽然间我们被鼓声吓住了，一个男孩立刻走进房间，要给我奏一曲军歌。他的母亲半笑半骂地要把他赶出，可是我不肯就这样子同他分开。同他谈起，我才知道他高兴的时候，虽然有些吵闹，但他有他的好本领，凡是八岁以内小孩所知道的学问他全懂得。我发现他是《伊索寓言》的历史大家；但是他明白地告诉我他的意见——他不爱这门学问，因为他不相信那些事是真的；因此我晓得在最近一年他念的东西多半是“希腊

① 英国习俗，年轻人在酒酣耳热时，常高举酒杯，祝当时美人的健康，一饮而尽，在座的也陪饮。——译者注

的白里安力斯先生”“瓦轶的葛勇士”“七豪杰”[1]同这么大年纪要看的别个历史家。我察出他父亲对儿子的大胆出众很满意，至于这种娱乐对他是有益的，我由他的批评里看出，那些话他一生都用得着。他会告诉你约翰·黑曲术利夫提处理事情不对的地方，对于撒生敦的毕比斯的坏脾气表示不满意，爱敬圣乔治，因为他是英国的保护神。这样子他的意思渐渐不知不觉地在谨慎、道德同名誉各个观念的模型里熔成。我赞美他的能干，他母亲对我说，今早邀我进来那小女孩在她自己方面比他还渊博。她说倍蒂多半注意神仙鬼怪的事，有时在冬夜把女仆都吓得不敢去睡觉。

我同他们坐到很迟才散，有时讲些快乐的话，有时正经地谈论，始终有一种特别的快乐，这快乐使一切谈天真正发生乐趣，就是我们大家都觉得有一种互相亲爱的情调。我回家，心里想着结婚生活和独身生活不同的地方。我不妨老实说，想起无论什么时候我一死去，没有一点痕迹留在后面，这情形都会使我暗暗地焦心。抱着这沉思的心境，我回到我的家庭——所谓家庭者就是我的女仆，我的狗儿同我的猫

① 这些都是英国小孩常看的故事里英雄的名字。——译者注

儿[①]，我的境遇如何，只对他们才有好坏的影响。

附注：Steele作这篇文章后过了半月，又写了一篇《续篇》，*Mr.Bickerstaff Visits a Friend(continued)*，叙述Bickerstaff朋友的太太死时的情形，但是写得太凄惨了，有故意使人掉眼泪的毛病，终不如这篇轻描淡写，漫话一日聚会的含蓄生姿。

——译者

① 意即没有妻室儿女。——译者注

艾迪生

论健康之过虑

一虚弱者[①]之来信[②]

下面的信一看就明白，用不着什么声明。

先生：

我是通常所谓身体虚弱这类多病人中间的一个，让我老实地告诉你，我是由读医学才得到这种

① 指身体没有什么大毛病，而自己心里却老以为有好多病的人；同精神病人有些相同。——译者注

② 这封信也是艾迪生自己写的，十八世纪写小品文字的作家常喜欢虚作一封来信，后面再加按语，用这法子可以将一件事情的正反两面都写出来，既没有用辩说体那样枯燥，比起对话体，文情又有从容不迫、娓娓清谈之致，不像那样针锋相对，没有闲逸的风味。——译者注

身体的——倒可以说，心理的——坏习惯。我一开始读这类书，就觉得我的脉不对；差不多没有念过关于任何病的叙述，而自己不以为正患这个病。新登哈姆博士那篇论热病的深奥文章使我害缠绵不去的痨热病，当我看这篇好论文时候，这病老在我身上。以后我去念几位肺痨热病学者的书，用这法子我得了肺病。等到最后长得太胖了，自己也有点不好意思再存这个幻想。不久又发现我自己有痛风症[①]的各种病象，只是没有感觉到什么疼痛，可是我看一位聪明作者作的尿沙症书，就把这病医好了，他（医生平常多是医好一种，换来个别的病）把我痛风症虽然弄没有了，却给我一个膀胱病。最后我观察出好几种病在我身上综合起来；但是偶然把山克多利亚斯那本杰作拉来看一下，我决定按着我由他书里所集的那一套规则做去。学术界对这位先生的发明都知道得很清楚，他为着要实行他的试

① 痛风症最显明的病征是到处痛，这位先生的一切病皆是个境由心造的空中楼阁，所以自己以为得了痛风症，却又感觉不到苦痛，把自己也弄得莫名其妙了。——译者注

验，做一种数学的椅子，精巧地安在弹簧上面，能够同一副天平似的称东西。用这样法子，他发现我们食的东西多少英两化作汗，若干分量变作滋养料，以及由人身别的天然器官用去的有多少。我自己预备了这么一把椅子，常常坐在上面读书、吃东西、喝水、睡觉，简直可以说最近三年中我在一副天平内过活。当我最健康的时候，我的体重刚好二百磅，饿了一天减去一磅左右，饱饱地吃了一顿后，也可以增加这么多。所以我每天都在想法怎样把我身体的两个常变磅数目弄成平均。通常每顿我要把自己做得二百零半磅，若使吃完了，我看数目不够，我就喝这么多弱麦酒或者吃这么多面包，使我刚好达到那数目。我吃得最多的时候，也没有超过再一个半磅以外；为我的健康起见，每月头一个星期一我大吃一回。每天餐后，当我轻重合适的时候，我走动一下，等到发汗减轻五英两八十厘。由我的椅子我知道轻了这么多的时候，我就开始念书，再念轻三英两。至于剩下那几英两的用处，我没有计算。我饮食起居不是照钟点，是按这椅子定的；它指示出我那磅食品用完了，我就以为自己是饿了，赶紧再吃下一顿。我节戒时候，失去半磅体重，严重的斋日，我比一年中别的日子轻了两磅。

每晚我让自己在睡觉里消耗去四英两左右，若使起来时，还没有消耗去那限定的数量，我就在椅子上休息。将去年我身体的收入同消费仔细算一下（这些数目我总在一个本子记着），我找出总平均是二百磅，所以整年中我的健康不能说有一英两的损失。但是，先生，虽然我费很大劲使我天天都在同样的状况中，保持我身体合宜的重量，现在我却是病恹恹无精打采，脸孔渐渐变得非常憔悴，脉搏低微，身体也水肿起来了。先生，所以请你把我当作你的病人，给我比我已经照做的规则更清楚明白的规则，使我有所依从，那么我一定非常感谢你。

你的恭敬的仆人

这封信使我记起一个虚弱者的墓碑上刻有一篇意大利语的墓志：“以前我身体是很好的，将来还要好些，现在却是这样子。”[①] 这句话是不能翻译的。对于死的恐惧常常可以致命，人们怕死，找法子来救命，这法子倒一些不错地把他们害死。这是一位历史家[②] 的感想，当他看到逃走死的比打仗死的还要多几千。这也可以用于那班自己想是有病的人，他们吃药太多，弄坏身体，为的是要努力躲开死，反把自己丢到死的手臂中去。这种法子不仅仅是危险的，而且是理性的动物所不应该做的。只研究怎样保存生命好像是人生唯一的目的，将保护我们的健康当作毕生的事业，除开养生吃药外什么也不干，这类意思是这样颓衰下流，有玷人性，所以心灵伟大的人宁其愿意死，不甘俯受这类思想的支配。不只对于生命不断的焦虑会将生命一切的滋味损坏净尽，将一层凄惨景象盖在自然的脸孔上，而且在我们时时刻刻只怕丢去的事物上，我们绝对不能够感到快乐。

我前面讲的话的意思并不是凡对健康有相当小心的人们都是该责备的。并且，心情的愉快同做事的能力多半是良好身体的结果，因此一个人对于身体的培养保全不会有太小

---

① 这是讥笑那班自夸会养生的人，埋到墓里还觉得他的身体可以渐渐滋养好起来。——译者注

② 大概是指蒙田（虽然他不是个历史家，而是小品文学的始祖），因为他有一篇小品说起过这件事。——译者注

心。但是这种小心既不单单出于常识，而是给责任同本能所激起的，所以不要把我们带到有无限的恐惧、愁闷的杞忧同幻想的疾病中去，这几种弱点凡是只留心活着、不注意怎么活着的人自然会有的。总而言之，生命的保存应该是第二种重要的事，生活的处理应当是最重要的事。我们若使有了这种心境，就要尽力来保存生命，同时不可对它过于关心；这样就可达到马取鲁所谓幸福最完满的快乐境地——就是既不怕死，也不希望死的来临。

至于这位用英两厘来调剂健康的人，他不顺从饥渴、疲倦思睡同爱运动这些天然的刺激，而受椅子的号令来管理自己，我要说个简短的寓言来回答他。神话家说天帝为要赏一个乡下人的虔敬，允许给他所想要的东西，随便什么都行。这乡下人请求在他自己的土地内能够管理天气。他得到他所求的，立刻照他以为土地所需要的，将雨雪太阳分给他各处的田地。年底到了，他正希望他能够收获得比平常更多，他的收成却反比他的邻人都要差得非常多。于是（寓言上面这样说）他请求天帝仍然把天气收回到手中去管理，不然，他会把他自己弄得倾家荡产哩。

兰姆

读书杂感

去注意一本书的内容是拿别人脑里榨出的东西来消遣，我却想一个受过良好教育的上等社会人对自己脑里自由地涌出的思想会觉得非常好玩。

——《重蹈覆辙》剧中福宾汤爵士说的话

爵士大人这句漂亮的机锋是这么深深地打进了我一个朋友的心坎里，他已经完全不念书，因此他脑里天外飞来的簇新思想大有增加。不管我有没有失去我思想出奇的名声的危险，我总要自己承认我贡献不少的时间，去念旁人的思想。在别人的空想里，我做梦地度去我的时光。我喜欢将自己沉溺在旁人的心灵里。我不走路的时候，就得念书；我不能坐着苦想。书籍替我想一切的东西。

我对书籍没有什么厌恶。沙蒂斯伯利[①]的文章，我不觉得太细腻优柔，朱黎山·王尔德[②]的我也不以为太下流。凡是我认作是书的，我都能念。有的带着书的外形，我却不能当作是书。

在这“不是书的书”目录里，我可以数出宫廷起居注指南，袖珍书本（文学的除外），装订好而背后写着字的棋盘，科学论文，历书，法典大全；休谟[③]、吉朋[④]、鲁百孙[⑤]、必提[⑥]、孙安·金立斯[⑦]的著作，以及一切所谓“绅士家里书库不可不备的书”[⑧]；同福利非亚斯·朱西发斯[⑨]（那位博学的犹太人）的

① 十七世纪一位散文作家，著有许多关于伦理的著作，他的文体优柔雅驯，读起来音调铿锵，但有时失之无气魄，句子太长。——译者注

② 十八世纪小说家Fielding著的小说，叙述一个流氓由他的出世到上绞台的历史。全书描写堕落生活，形容入微，使人看着仿佛有一担阴郁之气压在身上，但是于性格的描写，确是入木三分，作者气魄之大，任何读者都会佩服。——译者注

③ 十八世纪的一个哲学家，文笔比较枯燥。——译者注

④ 十八世纪的一个历史家，他的《罗马衰亡史》是一部不朽的杰作，他的文体雄丽壮伟，词句波澜起伏，为一代文宗。——译者注

⑤ 十八世纪的一个历史家。——译者注

⑥ 十八世纪的一个诗人。——译者注

⑦ 十八世纪一个诗人兼小品文家。——译者注

⑧ 这是书店做广告时用的话。——译者注

⑨ 一世纪的一个犹太历史家。——译者注

历史，伯黎[①]的伦理学。这些除开之外，我差不多什么东西都可以念。我的趣味能够这么广大并容，我真要庆祝自己。[②]

看这类“穿着书的外衣的东西”栖止在书架上，像假圣人、霸占真正神龛者和侵犯神殿者反把正当要排在上面的赶了出来，我自认这件事使我很愤怒。拿下一本装订得好像书的东西，心里希望这是个心地温和的剧本，翻开那“像书叶子”的东西，突然碰到一个憔悴凋零的《人口论》[③]。希望得一本斯蒂鲁[④]的文集或者法夸尔[⑤]的喜剧，却遇着——亚当·斯密斯[⑥]。看到那笨傻的百科全书（“大英”的或“京师”的[⑦]）整部好好地排着，用俄罗斯或摩洛哥皮装饰[⑧]，那好皮的十分之一就够给我那被冻得发颤的大书舒服地再穿上一层外衣，使巴

---

① 十八世纪的一个哲学家兼政治学家。——译者注

② 英人相信，小孩生下时候，天上所照的什么星与他一生的性情命运都有关系。——译者注

③ 一本憔悴凋残的人口论（人口论是说人口的繁殖学说，上面却加上 withering 这形容字，字面的意思是那本书破烂得很厉害，但是这字却与人口的繁殖这字相对，所以是双关意）。——译者注

④ 十八世纪的小品文家，也可以说是英国定期出版物的开山始祖。——译者注

⑤ 十七世纪的喜剧家。——译者注

⑥ 十八世纪的经济学家，《原富》的作者。——译者注

⑦ 是两部百科全书版本的名字。——译者注

⑧ 俄国或摩洛哥出产的皮，常用作书面。——译者注

纳西鲁沙斯[①]面目一新，破旧的来门·鲁立[②]也能在世上重复旧观。我每回看这班冒充者，总想把它们的衣服剥下，将这抢来的东西盖上我那穿百结衣的老书，使能得到温暖。

有坚固的背脊，清清楚楚地订着，这是一本书不可少的条件。然后再谈到华丽。就是办得到讲究华丽，我们也不应该把这“华丽”毫无分别地花费在一切书的上面。好像，我不情愿给一套杂志穿上整整齐齐的衣服一样。便服或者半装订（老是用俄国皮做背脊）是“我们”的装束。将一本莎士比亚或密尔敦（除非是第一版）盖上艳服，完全是纨绔虚荣爱慕浮华的行为[③]。这种浓妆不能增加它们的价值。说来也奇怪，这种外表（这外表是那么普通的）不能引起快感，也不会增加书的主人占有的愉快。还有汤姆生[④]的《四季》这本诗集最漂亮的地方（我是这样主张的）是一些撕破处同折卷的页子。由一个真正爱念书的人看来，“流通图

① 十六世纪有名的德国点金术家，一个无所不通的大学者。——译者注

② 罗马的一个哲学家。——译者注

③ 第一版的莎翁集或密尔敦的作品，极不易得，所以可华丽地装订。如果不是第一版的书，家传户诵，任一书肆皆有，用不着用书皮保护。——译者注

④ 是十八世纪初叶有些浪漫派色彩的诗人，《四季》是他的杰作，中多述乡间故事及田舍风光。——译者注

书馆”[①]的老旧的《汤姆·朱黎斯》[②]同《威克菲尔牧师传》[③]的玷污的纸页同破烂的外表是多么美丽，而且，若使我们不因为过于讲究而忘却人类的温情，那种气味（俄国皮以外的气味），也是何等的可爱！这些破书指示出曾经有千个手指快乐地翻那页子！——有的由它们得些快乐的寂寞女缝匠（做帽带首饰的，或者勤作的做女衣者），在长日工作之后，已经入了深夜，她由睡眠里勉强地偷出一个钟头，一字一字地拼出那迷人的内容，好像将她的烦恼浸在一杯忘川[④]的水里头！谁愿意这些书少有些污点？我们能够希望它们有什么更好的形象吗？

越是好的书，仿佛越不需要精美的装订。菲鲁丁、斯姆立、斯东，同一切这一类自己老是生下新版的书——“大自然的铅版”——我们看它们个本的消灭没有痛心，因为我们

① “流通图书馆”，这是十八世纪才有的一种很好的组织，每人按月纳些费，可以向一个共同组织的图书馆，借书拿回来看，这样的机关对于普及教育方面很有用处。——译者注

② 汤姆·朱黎斯所著的一本小说，是他的杰作，有些批评家都承认这是英国最好的小说。——译者注

③ 这本书是Goldsmith作的，在中国很风行，他的妙处已经用不着说了。——译者注

④ 希腊神话，在阴间有一条河，名作Lethe，那河里的水人吃了可以忘却前生一切的事情，所以Letheancup可以当作“忘忧水”解。——译者注

知道这一部书是“万古不灭”的。但是一本同时又好又难得的书——差不多是海内孤本，当它毁坏了，

> 我们不知道哪里去找普鲁米修斯[①]的火，
> 能够将它的光重新燃起——

这种书，比方像那公爵夫人所作的《新堡公爵传》[②]——我们来敬重，来保存这样一个宝贝，没有珍贵的匣子会说是够得上，没有套子可以算坚固得够用了。

不止这类难得的，又没有再版希望的书值得这样看重，就是菲立·史得利[③]，泰禄主教[④]，作散文的密尔敦[⑤]，茀禄[⑥]等作家的老版子——虽然我们也有翻印本到处流通，人们有时

---

① 普鲁米修斯是天上的一个神，他为着要帮助人们，从天上偷取了天火，用火把燃着带到地上来，给了他们，但这事后来天帝晓得了，天帝非常生气，把他绑在高加索山上，每日教鹰啄食他的心肝，还教许多鬼来磨难他。——译者注

② the Duchess of Newcastle 做的《新堡公爵传》，是兰姆爱读的一本书。——译者注

③ 英国十六世纪的诗人，他欢喜歌咏牧羊生活，还作有很好的四行诗。——译者注

④ 英国十七世纪的神学家。——译者注

⑤ 密尔敦的散文流传不如他的诗那样广。——译者注

⑥ 英国十七世纪的传记兼历史家，文体奇妙，也是兰姆爱读的作家。——译者注

也谈到它们，可是我们知道它们还没有（将来也未必能够）熔化在我们民族心里，所以不能变作通常的书——这类的书我们还是用坚固值钱的皮装起好些。我并不爱第一次对折版的莎士比亚。我倒喜欢雷和汤生[①]的版本，没有注解，附上的铜版印得非常坏，只可当张地图或者提起书里说的是什么，并没有野心想和原版比赛，所以比那莎氏雕刻木版本还好得多，因为木版本是打算和原版竞争的。我对他的戏剧和国人有共通的情感，所以我爱那最常在人手里翻转的版子。——同这个相反的，堡门和弗烈取[②]的剧本，我非对折本念不下去。八开本看起来觉得恶心，不能使我生出同情。若使这种版本的读者也有念别个诗人通行本的人那么多，那么我也可以喜欢这八开本，不再那么样爱老版了。我没有看见过一个比翻印《愁闷的分析》[③]再麻木不仁的举动。把这古老的伟大老头子的骨头掘起来，用最时髦的寿衣捆着拿来给现代人骂，这又何必呢？哪个不幸的老板会梦想伯敦也有受

① 是印行莎翁全集的出版者。——译者注

② 莎翁同时的戏曲作家，他们二人常合编戏曲，所以有许多剧本后来分不出哪一篇是谁作的。——译者注

③ Burton 作的，他行文光怪陆离，想入非非，兰姆好奇成性，所以耽读此书不厌。——译者注

大众欢迎的日子？[①]——就是下贱的马伦也不能干件再坏的事情，马伦用钱贿赂司图拉福教堂的事务员，让他进去用灰水刷白那带彩色的老莎翁雕像，那像本来站在那里很粗糙，但是栩栩如生地配上颜色，甚至面颊、眼睛、眉毛、头发和他常穿衣服等一切的颜色都画出来——无论怎地不完全，这是我们所有唯一的关于莎翁奇怪形容的记载。他们用一层白垩盖上去。我指——为誓[②]，若使我是瓦亦克州的法官，我要把他们当作一双瞎闹渎圣的无赖，用足枷将这注书家同事务员都紧紧地箍住。

他们——这班捣乱坟墓的聪明人——工作的样子，现在活现在我眼前。

我会不会被人们当作胡思乱想的人，若使我老实地说，有几位我们诗人的名字读起来特别甜蜜，听到耳里另有一种滋味——最少，对我是这样子——比密尔敦、莎士比亚都来得悦耳？或者，莎士比亚这名字在普通谈话里太常用了，弄得走味

---

① 意思是伯敦的书，一定卖不出去，书店老板免不了赔本。——译者注

② By——，发誓时用的话，如 by God 等，意思是“上帝鉴之”，此处所以省去代以一横，是因为十七八世纪作家忌用粗熟之语入文，故遇有此类字常略去而代以记号。兰姆虽然生在十九世纪，他却惯喜模仿英国古人，所以也省去这字。——译者注

了。最甜蜜的名字，说起来带着香气的是岂·玛禄[①]、都莱敦[②]、何桑登的都拉门[③]和考莱[④]。

读一本书，在“什么时候”同“什么地方”读，都很有关系的。在大餐没有预备好以前，剩的五六分不耐烦的时间，谁会想拿《仙后》[⑤]或者一本安徒留斯主教[⑥]的训语来填这一点的闲空呢？

在读密尔敦以前，你差不多要先听一套严肃的音乐才行。但是密尔敦诗里有他的音乐，那听的人须要有恬静的思想同干净的耳朵。

冬夜——我们同外面的世界隔绝了——温文的莎士比亚不怎么拘礼地走进来了。这时，最好读《暴风雨》或者他自己的《冬夜故事》。

---

① 就是 Christopher Marlowe，十六世纪诗剧家，莎翁受他的影响很大。——译者注

② 十六世纪的英国诗人。——译者注

③ Drummond，是十七世纪英国诗人，因为他住在 Hawthornden，所以人家都这样叫他。——译者注

④ 考莱，十七世纪的诗人兼小品文家，他只留给我们十一篇小品，但每篇都充满着微妙的思想，清新的文句，开英国小品文学的先河。——译者注

⑤ 伊利萨伯时代的诗人 Edmund Spenser 的作品，文字极华丽典雅的能事，但念起来极其费劲。——译者注

⑥ 十七世纪的英国神学家。——译者注

这两位诗人你不得不大声诵读—— 一个人独念，或者（有时凑巧）有一个人听着。一个以上——那就变作无聊的听众了。

趣味热烈紧张的书，很快地把我们带到说奇事的地方，这种书只好让眼睛溜掠看过去。把它读出声是不行的。我就是听人念那比较好些的近代小说，也免不了觉得万分的不耐烦。

一张报纸念出声来是使人忍耐不下的事。有些银行里有一种习惯（为着省俭个人的时间），让一个书记——他是里头最有学问的人[①]——念出《泰晤士报》或者《纪事报》，大声地把“为公众的利益”的全部内容读出来。用尽如同演说家的本领，那结果是非常无味的。在理发店同客栈里，一个人忽然站起来，拼着字念出一段新闻，他把这个告诉人家像个新发明。又一个拣他自己爱念的也报告一段出来。这样子整张报一块一块地最后全说出来了。少看书的人看字看得非常慢，若使没有这种变通办法，一群里恐怕没有一个人能够披阅完整张报纸的内容。

报纸总是引起我们的好奇心。可是没有一个人放下报纸时，心里不觉得有希望。

在那都俱乐部里，穿着黑衣的绅士拿那报纸看得多么久

---

① 这自然是句讥笑话，不过指那在书记里比较懂得些事情的人，可是他在书记里却是“鹤立鸡群”。——译者注

了！侍者不断地叫着：“先生，《纪事报》有人看着。”我真听得厌烦。

晚上到了个客栈——叫好了晚餐——在窗台上找出好久好久以前有些客人一时大意丢在那里——两三本小城的老杂志，带着两人对面的有趣图画——下面写着“伟大的爱人与格××太太”“屈服了的唱高调女人与老浪子”[①]——同这一类久已过去了的谣言，天下还有比这个更快乐的事吗？你愿意——在那时候，那样地方——把它来换一本更好的书吗？

最近瞎了眼睛的可怜的杜宾对于不能阅览严肃作品倒没有什么痛惜——《失乐园》同《可吗斯》这类书他可以教人读给他听——但是他却失去了那用自己眼睛飞读杂志或者滑稽文章的快乐。

我就是在大教堂严肃的甬道里，独自读《戆第德》[②]的时候，若使给人看见，我也不怕什么。

我有一回很舒服地躺在草上，在樱草山[③]被一个很熟的

① 主张纯粹精神之爱，超乎肉体之爱情，但俗人讥笑他这种学说，所以把他当作“唱高调”解了。——译者注

② 法国服尔德所作，有讥笑宗教的论调，因为服尔德是个怀疑主义者，此书徐志摩先生有译本。——译者注

③ 希腊神话中Venus（青春的神）常到的山，兰姆以这位小姐来比青春的神。——译者注

小姐侦出，在那里读——《拍买拉》[①]，我记不起有过比这个更可笑的惊讶。书里并没有说什么话，使一个男人看起来，觉得真真地害羞。但是当她坐在我旁边，好像决心和我同念，我真望它是—— 一本别的书。我们很要好地同念几页，她觉得这作家不合她的胃口，站起来——走了。温和地研究人们动机的学者[②]，我让你去猜赧颜（我们中间有一个脸红了）在这两可的情形，到底是属于这位仙女，还是发生在我这田舍少年[③]。你绝不能由我得到秘密。

我不大喜欢在户外读书。我不能够收下心读下去。我认得一个主张神位唯一派的牧师[④]，他常常在早上十时同十一时中间，在雪山（师金吕街那时还没有出世）读一本腊得律[⑤]

① 十八世纪小说家Richardson著的小说，述一女仆名Pamela，她的主人Mr.B.要她做外遇(Mistress)，她坚决地拒绝，利诱威逼，终不能动。Mr.B.佩服她的贞洁自爱，后来正式娶她。这部小说完全是她写给她父母的信。——译者注

② 一种于一切的行为专考究良心（动机）为何的人，议论精明，但太近于诡辩。De Quincey有一篇有名的小品，论casuistry，此处只作“研究人类行为的学者”解。——译者注

③ 英国十七八世纪文人好以牧羊郎自况，以此来作情诗或他种诗歌。——译者注

④ 反对主张三位一体的教徒。——译者注

⑤ 英国神道学家。——译者注

作的书。这种忘却一切环境的能力，我自认是办不到的。[①]看见一个挑夫的绳结或者一个面包篮会将我所知道的神学全由我脑里赶跑了，使我弄得比不知道五要点还坏。

还有一种路旁书摊的读者，我每次想起这种人总要动情——那班可怜的先生，没有钱来买书同租书，由那排着书卖的摊子上偷些学问——老板，用他厉害的眼睛，老在那里不高兴地看着，心里想什么时候他们才不看。他们悬心吊胆地冒险着，一页又一页，无时不在预期那老板会下个禁谕，但是又舍不得那种快乐，他们这样子“捡来些充满恐惧的快乐”。马丁·伯就曾这样每天念一点，读完两卷《克拉力沙》[②]，那时管摊子的冷下他这可赞美的野心，问他（这是在他年轻时候）到底想不想买那本书。老马说他一生中无论在什么情形之下，没有念一本书，有那次不安的偷看的一半趣味。一个现代奇怪的女诗人[③]对这问题用两首非常动情、但是很朴素的诗来歌咏：

我看见一个眼睛充满热烈希望的小孩

---

① 这句有双关意，一是牧师独行慢读，和路人毫无接触；一是他驰心于神圣之言，忘却俗世的纷扰。——译者注

② Richardson 著的一篇很长的小说，共九大本。——译者注

③ 指 Lamb 的姐姐 Mary Lamb。——译者注

在书摊上翻开一本书来，
读时节好似想一气念完；
开书摊人看见这样，
我听见他很快地向少年招呼，
“先生，你从来没有买过书，
所以请你不要在这里看书。”
小孩慢慢地踱开，叹口气，
满望他从来没有认过字母，
他就不会用这老东西的书了。
穷人有好多苦痛，
富的永远没有尝过。

我不久又看见一个小孩，
他脸上好像老是饿着，
那天最少是没吃东西——
他对着酒店的凉肉用着眼睛享受。
我想这个小孩的情形必定更苦，
这么饿着，想着，这样一个便士也没有，
对着烹得精美的好肉空望：
他免不了会希望他生来没有学会吃东西。

哈兹里特

青年之不朽感

没有年轻人相信他将来会死，这是我兄弟的话，真是一句妙语。年轻人总觉他是能够长生不老，这情绪就可以赔偿我们一切的苦痛。青春时期的人可以说是个神仙。一半的光阴固然是用过去了——但是我们还有另一半预备着给我们用，包含了无穷的宝贝，因为我们不能够划清一条线，说下半生是哪时截止，而且我们的希冀同愿望又是没有限度的。我们把将来都算作是我们的——

我们前面浮现有浩大无边的风光。

死同老变成没有意义的字，不过是梦幻的东西，和我们满不相干的。旁人挨过或者现在正受死和老的苦——我们却像有一种神秘的生命，敢对这些无聊的空想嘲笑。像一个快乐旅行开始时节，我们睁着热烈的眼睛前望，

向远处的美景欢呼。

我们走时，新东西接连地现在眼前，好景后面又有好景，简直没有尽处，同样地在我们生命起首期间，我们有不尽的愿望，我们以为满足愿望的机会也是无穷。我们还没有碰到障碍不想歇步，仿佛我们可以永久这样前进。我们环视这充满生机、不停进步的簇新世界，自己觉得也有精神力气可以跟它同走，我们现在看不出什么预征来推测将来我们会落后衰颓到变作老人，最终坠到墓里去。这是青春时我们知觉的感单性，也可以说是抽象性[①]（我们可以这样讲），使我们同自然合一（因为我们经验既少，情感又强），使我们想能够同自然一样长存不朽。我们痴痴地恭维自己，以为我们这种和生命暂时的结合会永久不破。像小孩微笑着睡觉一

① 年轻人多半偏于理想，对于一切事情缺乏具体的了解，所以说“年轻人情感的抽象性”。——译者注

样，我们在期望的摇篮中[1]荡漾着，被环绕四旁的世界声音弄得静默地住在梦想的安全无忧境界里——我们焦渴地去饮生命之杯，并没有饮完，快乐同希望好像老满到杯缘地盛在杯中——一切东西紧紧地围着我们，我们心中只去想这些东西的广大复杂同它们引起的欲望，所以我们没有空去想到死。我们这种醒时做的好梦太新鲜灿烂了，我们的眼睛太迷眩了，我们因此看不见那躲在远处等着我们的暗淡影子。就是说我们看见了，生命是这样紧地把我们擒住，它也不许我们分心到那里去。我们真太给现在的物事吸引了。当青春的精神还完好无缺地存着，在“生命的酒饮干”[2]以前，我们好似喝醉了酒，或者有热病的人，给自己强烈的感情带着走，一定要等到对当前的事物，开始觉得乏味，爱干的事也灰心了。最密切的关系也割断了，我们才渐渐地忘却这世界，感情也没有那么猛烈抓着将来，我们慢慢开始惨淡地想我们同世界永久分离的可能性，好像由一面镜子里看出。在那时期

① 年轻人整天在希望里做梦，虽然世上波涛汹涌，也能够快乐地嬉笑过日，所以希望是我们的摇篮，使我们获得片刻的安眠。——译者注

② 把生命比作一杯酒，我们一天一天过去，好像是一口一口细尝着人生的滋味，及至真懂得人生味道的时候，杯已干了，死的时期也到来了。——译者注

以前旁人的例子不能影响我们。不测的变故，我们避着不想；老年慢步地袭来，我们对他要捉迷藏。像斯天[①]书里所说那个傻胖的厨子，听到他主人蒲伯死的消息，他唯一的感想是“我却没有死”，我们通常也是这样。提起死这观念不仅不能把我们这自信摇动，倒反为我们现在享有生命的自觉增加力气。别人可以落叶般死在我们的四旁，蔓草似的被“时间”的镰刀割下[②]，这些话由那不假思索意气飞扬的耳朵同自命不凡妄加臆断的青春听来不过是几句漂亮的比喻就是了。非等到“爱情”“希望”“欣欢”的花一朵朵枯萎在我们四周，我们是不肯弃去以前引着我们向前走的幻影，到那时横在我们面前的空虚无趣的将来才使我们假说地不怕那坟墓里的寂静。

生命的确是一个奇怪的礼物，它的好处是非常神妙的。[③]所以这事用不着纳罕，当这礼物初给我们时候，我们

---

① 斯天，十八世纪的英国的小说家，著有 *Tristram Shandy* 等书，以诙谐多感著名。——译者注

② 神话中“时间之神”拿着一把镰刀，表示许多东西随时消灭，好像给镰刀刈去的一样。——译者注

③ 所谓生命的“特权”，就是生命所给我们的各种趣味同快乐。——译者注

的感谢、赞美同快乐阻止我们记起我们本身的空虚渺茫，或者想到生命有一天会讨回去。我们生来第一次最深的印象是由伟大的自然得来的，我们不自觉地将自然的永存不灭性同壮丽辉煌处全移到自己身上。才得到世界，我们自然谈不到同它分手，最少也把这想头老是迟延着不提。好似在市场游玩的乡下人，我们心里充满了奇怪同高兴，并不想回家或者天快黑了这些事情，我们只能够根据自己去了解生命，我们又把知识同它的对象混在一起。因此我们同自然打成一片。若使不是这样子，那种幻觉，那种请我们去吃的“理智之宴同心灵之酒”全变作故意的讥笑同残酷的侮辱了。通常看戏要等最后一幕演完了，灯快灭了，我们才走出戏院。“自然”神仙般的宠儿老是美丽照耀在宇宙的舞台上：在这出戏闭幕以前，或者当我们还看不清做的是什么的时候，我们也得被召了去吗？像小孩一样，我们被“自然”，我们的继母，捧起看一下西洋镜，不一会仿佛捧我们她也要费什么力气，又将我们放下了。可是，天下没有一件好东西不显在这镜里，像一个宇宙的跳舞或者大宴会。

看蔚蓝的苍天，金黄的太阳，舒卷的大海；走这碧绿的大地，做千种生物的主人；由张开大口的悬岩下望，或者远眺向阳的山谷；看世界像张地图展布在我们脚下，用天文仪把星拿近些来瞧，由显微镜看最小的昆虫；阅读历史，细想国家的革命同时代的递变；听到泰尔、锡顿、巴比伦同苏沙的功绩，口里说这些全在我以前，现在却全化作乌有了；讲我是活在这一时期，这一地方；做这常动不停的世界舞台的观客，同时又扮一个角色；观察春夏秋冬四季的变换，尝到冷热苦乐美丑善恶的不同；感觉到自然界的变更，细味那耳朵眼睛给我们的伟大世界；静听深林里斑鸠的歌调，旅游高山同泽地；午夜里默聆颂圣的乐声①，到灯烛高照的大厅，或者赞美那壮大教堂的沉郁气象②，或者坐在拥挤的戏院里看生命本身被拿来嘲笑③；研究艺术品，将审美能力磨炼得使自己苦痛；崇拜名誉，梦想长生；瞻礼教皇的皇宫，诵读莎士比亚的戏剧；积起古人的智慧，再去探索将来；听战场的鼓角和凯旋的欢呼；根据着历史来考察人心的演化；找求真

① 指圣诞之夜礼拜堂里的唱歌班。——译者注

② 大礼拜堂进去很深，光线多半不好，所以有阴郁沉雄的气象。——译者注

③ 把真真的人生缩小起来放在舞台上，岂不是同人生开玩笑？此句或可解作“悲剧里面．命运故意和人们捣乱，冷酷地在旁嘲笑我们的孱弱无力”。——译者注

理，主张人道，俯视世界好像时间同自然倒出它们的宝贝在我们脚下——做这么复杂一个人，干这么多事，刹那间化作乌有——这么多的东西像幻影或者耍把戏的东西忽然由我们身上夺去！[①]由这么复杂的境地变作什么都没有，这一转真够惊吓我们，沮丧那满涨了希望同快乐的少年热血，所以我们远避这令人不安的思想。当开始享乐人生时候，我们丢开这欠债同迫偿的恐惧，就没有想起我们最后要还“自然”这笔大债。[②]学是无涯，这我们晓得；我们恭维自己说生也是一样地无涯。我们知道要干一件事，我们遇着无限的困难同停顿；尽美尽善的地步是慢慢得到的，那么我们应当有时间去完成工作。我们所仰慕的大人物的盛名是不朽的，可是我们这班默想这盛名的人也能得些那什么也灭不了的灵气吗？屋能勃兰[③]所画的或者“自然”所表现的一个皱纹，我们要花好几个整天才把它分析清楚，了解中间柔松尖硬的程度；我们淘炼那完好的东西，发阐出自然的奥妙。将来要干的事情有多少！我们已经动手做的工作是多么伟大！在事业

① 变戏法人能够将东西忽然变丢了。——译者注

② 我们的身体本来是大自然给我们的，所以死去等于“将这笔债还给大自然”。——译者注

③ 一个阴影画得工巧的画家。——译者注

没有成功以前，我们要被阻止吗？这样用去的时间，我们不把它们算作丢了，这样花的劳苦，我们不说是白费；我们没有灰心，也不厌倦，而且面对这做不完的工作，我们的力气日日增加。这些我们已经动手，和“自然”也说好了，要干的事情，“时间”会鄙吝地不给我们光阴去完成吗？这功败于垂成之际以后的时间，为什么不送给我们呢？我曾经连着几个钟头细看一张屋能勃兰的图画，不觉时间的飞逝，只是每回都带着新的奇怪同快乐想，不仅我这一生，就是再有一生也可以这样地过去。这种高雅微妙的生活似乎是不会有终止的，没有限定日期，也并不包含有衰颓的分子。我这个看画的人化作蠕虫的食料后，这画还可以留存好久。死这回事儿像是完全不合理的，我们平常的健康、力气、嗜欲没有一个情形对这死的观念不是相反的，一定要等到我们的幻觉毁灭，我们的希望冰冷，我们才预备去相信天下有死这一回事。年轻时节一切东西因为新鲜同别的原因特别有力整个地印在脑上，我们以为没有东西可以抹去或者破坏这些印象。这些印象钉在脑中，由我们看来是我们的一部分了。我们相信要去丢这些印象必定得用暴力，天然的腐朽是不行的。我们这种信力坚固时，我们好像将长生的快乐在意想中提前享来。所以靠着强烈的领悟，我们熔化几十载作了一刻，用了这关于未来的推测，我们来抵抗时间的蹂躏。那么若使我们生命里一刻就值得几十载，我们对生命全体的价值同长短还要加什么限度吗？我们有时对自己的生命没有终点这回事很有把握，当一个人独在一块心里不耐烦想翻些新花样的时候，我们对这由我们看来同爬着一样慢的时间步伐真觉厌倦，私下打算倘然时间老是这般蜗牛似的无聊地移动，这时间简直过不完？我们心爱东西还没到手时节，我们多么愿意牺牲这中间的时光，一点也没有想到不久我们会感到时间走得太快了。

至于我自己，我生在法国革命时期，我活到——唉呵！——看见它的终局。可是我并没有预料到这结果。我的生命跟这自由的曙光同来，我从前没有想到多么快这两件东西都要沉灭。这给人们以狂热的新刺激也给我心一种同样的热情；那时我们都意气雄壮，大可以同跑一趟光荣的路，我万想不到在我的生命还没有尽以前，自由的朝阳居然早已化作赤血或者又落到专制的黑夜里。我自认从那时候起我就不再觉得自己是个青年，因为我的希望跟着也倒下了。

以后我转过心来，把早年事的回忆想零零碎碎地收集起来，写下备我自己有时翻看。我向将来的前进被截止了，我只好向过去找些安慰同鼓舞。所以当我们发觉自己实实在在的生命渐渐离开了我们消灭，我们就努力在思想里去得一个反映的，可以拿来做代表的生命[①]：我们不愿全部沦亡，希望最少我们的名可以传到后世。当我们能够使旁人心里想到我们心爱的思想同切己的事情的时候，我们并不像完全退出这舞台。我们在旁人心中还占有地位，对他们生出影响，化作尘埃的只是我们的身体；我们喜欢的思想还是受人欢迎，在世人眼中我们有同样的地位，或者比生时更要出色。这样子，就可以满足我们自爱的要求，一个紧迫毫不放松的要求。而且若使我们知识的优长能够使我们肉体死了，精神不死，那么用我们的道德信仰，我们亦可达到对别人发生趣味，自己生活也可以有更高尚的境界，这样子我们同时能做天使同人们的伴侣[②]。

> 自然之声是从坟墓之中出来；
>
> 他们昔日之火焰仍存在我们的灰烬之中。

---

① 我们的过去同我们的思想都是我们全人格的一部分；把这些写下，也可以做我们的代表。——译者注

② 人虽然厕身在神仙之列，心却仍流连于人间的祸福。——译者注

我们年纪一大，就明显地感觉到时间的宝贵，真的，别的东西全没有什么重要。我们老是奇怪，已经有过的为什么会变作没有。我们知道许多东西总是一样地丝毫不差：那为什么我们会变老呢。这念头叫我们加紧地抓着现在，使我们深感到我们看见的一切是空虚幻假。失丢了在初尝生活同一切东西时候那种丰满流畅的少年精神，什么都是平凡无味——世界变作一个粉饰的坟墓，外面是漂亮的，里头充满了蠕虫争食同一切的不洁。世界是一个女巫，拿假玩意儿来骗骗人。但是青年的老实、不疑的期望、无涯的欣欢全消散了：我们只打算怎样好好地走出世界，没有碰什么大麻烦或者大祸患。幻觉的灿烂丢了，就是那怡然自乐，对过去的快乐同已灭的希望的回忆也找不到。若使我们办到能够没有受侮辱地走出生命行列，身体也无大损伤地逃出，在归到大虚以前心境可以修养得同槁木死灰一样地恬静安宁——这就是我们最大的希望。我们不在死时完全死，老早我们已经渐渐地腐朽了。机官随着机官，趣味随着趣味，一个个癖好继续掉去。我们活时节，生就已由我们身上剥去，岁岁年年人不同，死不过是将从前的我们的最后剩下的残碎搁在墓里。我们这样次第消磨下去，一直消到没有，用不着什么惊愕，因为在我们年富力强时期，我们最深的印象也不过暂时留在脑中，我们本是受细微环境支配的动物。我们一生中最好的时期中，所读的书、看的事情、受的刺激对我们生下的影响是多么少呀！试想读本好传奇（比方说，司各德[①]的书）的时候，我们当时感情的经验如何：多么壮丽，多么有趣，多么使人心碎！你一定猜这些情调可以常留不灭，或者将你的心化作同样气质腔调：我们念时节，好像天下没有什么事情能够搅乱我们这心境，或者使我们感到麻烦——但是一走到街第，玷污了脚的第一块泥巴、被人骗去的第一个两便士就够使我们的情调由心中完全隐没去，我们变作微末、麻烦的环境的战利品了。[②]我们的心虽然向高尚卓越处飞翔，它却总是和卑污的、可厌的以及微小的事情熟识。然而我们还是奇怪老人身体会衰弱，爱发牢骚——少年人的青春会萎谢凋零。实在说起来，天上同人间这两世界合起来，也不容易满足我们过度的希望同骄傲。

---

① 司各德，十九世纪英国浪漫派的小说大家，著作甚多，以写历史小说（偏于苏格兰及中古时代的）名于世。——译者注

② 读者千万不要误会哈兹里特是主张唯物史观的，他在另一篇小品《思想与行为》里曾主张意志万能的学说。——译者注

林德

躯　体

报纸里偶然有些新闻使我们看时停住，引起我们去考察我们关于一个问题的态度，好像这是第一次才想到的样子。这类新闻的一个是爱多亚·马丁遗嘱的公布，他是爱尔兰独立运动者——乔治·摩尔[①]的表兄弟，照他的遗嘱，他的尸体要给一个医学校做解剖用，剩下的同别个解剖过的死尸一样将来埋在贫民冢里。谁念了这段，不会转过来问他自己能不能忍受他自己的身体被医学生拿去开刀（虽然已经没有知觉了）的结局？真的，只有几个人对这事能够毫不关心。若使一个人对他死后躯体的际遇，一些也不留意，像苏格拉底一

① 乔治·摩尔，爱尔兰独立运动者，他又是一个小说家兼批评家，为英国的一个当代文豪。——译者注

样，人们想这是一件奇特的事，值得记进他的传里。在一切人们里基督教徒或者应当最容易达到这种快乐的洒脱心境。[①]但是就是灵魂不灭的信仰也很不容易使人们把死尸看作同已由黑暗爆出花了的外壳一样地不值钱。以至于基督教徒一向好几百年对死体表示敬意，好似死体比活人要高贵些，好多穷人从来没有路人向他脱帽，要等到变成死体由街上过去的时候，才有人对他致敬。[②]在好多年代之后，那久已做了蛆虫同时间的捕获品的躯体，一听到号筒声音，会真真地由地下起来，再合成像个生人，[③]对这种思想，我不知道现在基督教徒相信的程度有多少。或者现在没有几个人会坚决地说出关于这事的意见。但是从前许多人相信死体绝不是灵魂永远丢下的无用衣服，而是灵魂升到天堂时所要穿的衣服。就是那班看不起活的肉体的基督教徒，对死了的肉体却很尊敬，一个圣人生时饿他的身体，也不把它收拾干净，以为是个连

---

① 基督教徒相信灵魂不灭，肉体不过是暂时的皮囊，所以应当看轻躯体才是。——译者注

② 英国人凡是在路上遇着出葬，不管死的是王公大人或者是乞丐奴仆都会脱帽致敬。——译者注

③ 基督教徒相信在世界末日时候，喇叭一吹，死的都由坟墓里出来，受最后的审判，好人就升天堂去。——译者注

鄙视都不值得的东西，他死后的躯体，人们却崇敬得像包含有神圣力量，能做神迹的东西宝贝。[①] 这事看起有些——实在是——很反常，但是活人站在死人面前所生的敬畏情绪，凡有反省能力的人自然会有的。我们听说有些野蛮人对死人的肢体表示敬意，是怕不是这样，死会跟他们捣乱。但是没有这种恐惧的文明人也是同样地尊敬死体，或者因为他在死体上看到一种预兆，一件奇事，把他世界的外状变化，带他一直到他自己生命神秘的门前。

不管是根据什么理由，世人心里还是觉得死人应当受人尊重，不该像废物一样看待。大战时候，人们以为德国有种"死尸工厂"，在里面将死的兵士被化作有用的油或者化学原料供给军械厂用，那种大声疾呼的反对不单是宣传反德者的假仁假义的表现。德国人也是人，我们若使去相信他们居然许可干这事情；这相信当然是太荒诞了；但他们若使真办了这事，我们自然会相信他们没有什么人性。可是，倘然为医学的目的，用死人的肢体是没有错的，我们找不出一个合乎

---

① 有一部分基督教徒极端地鄙弃肉体，以为是阻止灵魂向上的东西，是灵魂的囚狱，可是他死后，人们或者偶像地崇拜他，以为他的一毛一发都具有神秘的能力了。——译者注

逻辑的理由为什么为战争目的用死人的肢体，就成个罪恶。真的，还可以这样辩驳说战争的需要是更急迫的，所以“死尸工厂”对我们应当没有解剖室那么可怕。其实，解剖室会把我们吓得更厉害，若使我们没有将那无亲无友的穷人躯体拿来算作国家的（或者市区的）公物。[1]当解剖家到墓地去掘那死时债还得清清楚楚的死人时候，死人的朋友大家联合起来，晚上守那死尸，一直等它在土里腐朽了才止。我们多少人幼年时光是在一千零一个偷尸故事的空气里长大的！这般偷尸人同拐子是多么像魔鬼！听到他们的冒险是多么惊心动魄！我们可以像听蓝胡子的犯罪一样[2]笑他们，可是我们是多么不舒服地笑着。但是再过一千年人们或者会将这偷尸人同拐子当作科学功人，伯克同黑尔[3]或者被尊视作殉道者。我并不想人们将来会这样办，但也许会是科学的进步或者是

---

① 英国没有亲友的穷人死后，尸体给政府拿去，发给医学校作解剖之用。——译者注

② 欧洲一种传说：蓝胡子杀了许多个妻子，后来又娶了一个，一天他出外去，把锁钥交给妻子，告诉她有一间房子千万不要开，他走后，他的妻子好奇心动了，偏去开那房子，里面存的却是前几位太太的尸首。她吓得心惊手战，锁钥丢到地下，沾了血迹。她用尽法子洗，总洗不去。蓝胡子回来看到钥匙上的血痕，正要杀她，她的兄弟刚好来看姐姐，于是把这专会杀人的恶丈夫杀死了。——译者注

③ 英国有名的偷尸首同拐人的两个犯人，后来都被绞死了。——译者注

他们罪恶的结果。允许解剖室有时到坟地去找尸体同给它权利在那没有人领的养贫院穷人身体上用刀，是有同样坚固的理由。但是我们大部分人希望我们同我们朋友就在这生活昂贵的年头也不至于死在养贫院里，所以我们对现在这种妥协办法觉得满意，我们简直不去问当天下找不到穷人的时候，解剖室要由哪里得来材料呢。当然天下有不少男女，对科学有这样宗教式的热心，在他们遗嘱里，他们自己献身给解剖室用。但是当征求这种甘心自荐的人们时候，我们头一个本能是退缩走开，像避一个苦痛的牺牲。

我就是一个不容易将我的身体赠送到医学生乱七八糟手里的人。我不知道这是什么理由，除非是我免不了有些把我的躯体当作我整个的自己。苏格拉底到底是个真哲学家，能够在他死的前晚，把他身体看作个虚壳，对自己说："那不是我。"可是我们多数人虽然在我们理智里可以承认我们的躯体不是我们，在想象中却总是继续把躯体算作就是自己。无论我们的本质是什么，我们是用这躯体来到地球上，一切使生命这样值得活、使我们希望再活下去的经验都不能和我们的躯体分开。不管我们是到礼拜堂或者上酒馆，在大地向阳的山腰里或者家庭火炉旁得到的快乐，在育婴房游戏或者足球场上当王，沉浸在恋爱的热情里或者受世界上公众的大奖，我们的躯体最少是我们不可分的伴侣。我们一生里没有一个经验能不赖手、脚、心、肺、脑、口、眼、耳而实现。圣弗兰西斯[①]在弥留时对他的躯体道歉，因为待遇它太坏，这事是没有什么奇怪，因为没有躯体，圣弗兰西斯这人也不会存在了，鸟儿也失去了它们唯一的教谈，模模糊糊地死了。那么，我们对这样一个同伴，怎么能够不关心呢？若使山上石头盖的教堂由连带关系变作神圣东西，所以人们进去的时候，因为对这上帝的庙宇表示尊敬，要脱下帽来，那么一个人对他那肉和骨做的躯体的运命会关心，这事更用不着奇怪了。好多人甚至于留下话来，要人们对他们死体有种礼遇，那是他们生时所没有要求过的，像亚鲁斯特地方一个主张联合主义者，他要大英联合帝国的国旗包着他的躯体，拿出投到不列颠尼亚海里。有些人比较愿意死些，因为他们知道他们的遗体（话是这样说）会葬在一个特别地方——小山的顶上，或者在那墓地，那里鬼气阴森的墓碑黄昏时可以由海里看见，或者在半荒弃的孤村里老教堂树下的一块地。若

① 圣弗兰西斯，他能够对鸟儿讲道，好比中国使顽石点头的生公。——译者注

使我想起将来会埋在撒哈拉沙漠，或者就是埋在一个殖民地里，我自己会感到悲哀；设使有人对我预告，说我必定葬在异乡里，我会长久地感觉到刺心的苦痛；甚至于在故乡哪个地点长眠，我都要讲究。我不知道我现在有没有从前那么开心。我想我对于要葬在地下这回事（不论是什么地方，）我反对的程度日日增加。火葬的结局，我也不爱。当我们看我们躯体还是个活东西的时候，我们差不多想不出一个结局，能不同解剖桌一样地可怕。把尸体老是保存着，做个木乃伊——谁愿意这样子呢？在基督教徒的墓里快快地给土洗净成个骷髅倒还好些。我刚离学校，想自己是个泛神主义者时节[1]，我像别的小孩所干过一样，我想起将来好花会由我坟里生出，我有一种痴心的欣欢。我甚至于想为这花，化作养料去把土弄肥沃。我现在不能这么容易来安慰自己，虽然若使我想起那花匠有时对我这永久的盖被会费点心，我心里还是会高兴些。可是真的，我对地下世界并无爱好，倘然是办得到，我想我永不会自己到那里去，只是在这乐土的地板上继

① 泛神论者相信宇宙整个就是神，我们也是神的一部分，大地上一花一木都是神的表现。——译者注

续地滞留着，滞得同“游荡无所归的犹太人”一样久。[①]据说人老了对这躯体生了厌倦，很愿意离开去。我想有这种心境的人的精神是比我勇敢。我生性是爱在家里住着，我一生无时不住在里面的唯一的家是我的躯体。虽然命带土星，我却都还快乐，不想将我的躯体去换一个更好的。若使我愿意做个更好人，我还是希望新灵魂在这旧躯体里住，因为虽然我这个躯体并不是照什么建筑的高贵格式做的，没有人会把它拿来自夸，我对这躯体却很惯了，有各种的同情把我同它捆起。我对它的看护却没有尽我的能力。我让这躯体沉到破毁倾颓的状态，所以我身体已经未老先衰了。但是一个弯背的人，有个弯身的猫子，或者在那弯颓的小屋里住得很快乐，不是受强迫，还愿意离开屋子。所以若使相信末日到时躯体会飞过空中，再做在更好世界的灵魂的房子的基督教徒是对的，虽然我不能够同他们有同样的信仰，我也是很高兴。我并不替自己辩护，或者妄说这是个可赞美的态度。真的，我羡慕苏格拉底同一切看轻躯体、只当作是一个脆弱的瓶子或者会枯的草的人们，但是我不得不承认我不是他们的俦侣。

---

① 犹太人侮辱了耶稣，耶稣就罚他们老在大地上东跑西走，没有片刻的休息，一直等到世界末日才止，这事耶稣做得实在不高明。——译者注

有些人因为想起雨点在夜里打到他们，冷了他们无知觉的骨头，心里难过，所以更退缩怕到坟墓去，这种人我却也难同他们合伙，最近在某一本书上，我念到一件故事，说当他所爱的女人死后，林肯在一个风雨夜差不多疯狂了，为的想起这时候风正怒号着雨正狂打着在她的墓上面。别人告诉我他们也有这类感觉，我认得一个人，他说他不愿意她在一个坟地里，因为那里土“很潮湿”。但是那时他正患风湿症。然而他这个反对同我们大多数不愿躯体不全有皮无肉地放在解剖桌上教授眼前有同样坚固的理由。我们将好多生人的羞耻心同感觉放在我们尸体上，我们想到尸体受那只在我们生时才能损害我们的事情时，我们没有理由地战栗。这样在想象中我们给自己一种生命的延长。我们好像对活值得活比死值得死应当更有把握些。但是就是在死这回事，我们还存有希望的余地。

雷利

吉诃德先生

一个西班牙的武士，大约五十岁年纪，在拉曼差村中度着非常穷苦的生活，拼命地念那谈游侠的浪漫小说，这种书他收集了好多，最后竟把他头脑弄糊涂了，没有事情能满足他，一心想要骑了他那老马到外面去，提着长矛，戴起甲胄，当一个游侠，去冒一切的危险，来申雪世界上数不尽的不平事件。他引诱了一个邻居，一个又穷又傻的农夫，名字叫作山差·邦札，骑一匹很好的驴子，跟他当从卒去。这武士只有从他所爱的浪漫小说这面镜子里看到世界，他把小旅馆错当作魔堡，风车错当作巨人，又把乡村姑娘错当作流落在外面的公主。他的豪气同勇敢始终不衰，但是他的幻觉却给了他无穷的麻烦。用保障公道同游侠精神的名义，他把自己插入在他所碰到的人们里面，凡是他以为是拿权力来做压迫或者横暴用的人们，他都要殴打他们。他同那可怜的从卒到处挨打，受鞭挞，被骗，受人们的嘲笑，等到最后靠着他村里老朋友的好意，同那些被他幻觉所含有的可爱而慷慨的性质所感动了的几个新朋友的帮助，这武士才医好了他的瞎想，给人带回到他故乡的家里，以后就死在那里。

这是《吉诃德先生》这本书的本事，这好像是一个琐屑的骨子，在可以叫作世界上最聪明、最伟大的书面上讲起来，没有什么虚说。这是一本老年人作的书，里面包含着已经懂得忍耐的热烈心的一切智慧。莎士比亚同塞万狄斯是同日死的，但是若使塞万狄斯的命也只有莎士比亚那么长，我们就不会有《吉诃德先生》这本书。莎士比亚自己没有写过什么东西，有这样充满了经验的各色材料，这样恬静稳健地照出温和的智慧，对于世界的力量有这么明亮的把握；就是替雄豪心肠人辩护说话时候，莎士比亚也不能比他勇敢。设使请把拉替力亚的地方官[①]来裁判这两位大作家的案件。他的判决词常是简单明白得出奇。或者他要规定，因为莎士比

① 《吉诃德先生》书里一个人物。——译者注

亚是五十二岁死的，塞万狄斯比他多活十七年，一个人所以要整天整夜念莎士比亚，等他活到比莎士比亚死的时候年岁还大，以后，做他暮年的安慰，他可以到塞万狄斯所开的更严肃的学校去。然而不是每个人都能够比莎士比亚命长，而且有那么长寿命的人里，不是每个人都学到随着年岁长进的法术，所以照这个规定，这位西班牙先生的熟朋友一定比不上那斯徒拉福高等典吏儿子[①]的范围那么广。他确是没有那么多好朋友，但是他那得天下人的欢迎的力还是一样地不会失丢。他老是，将来还是一样地摄引一大群读者，当这班读者看到这位糊涂的武士先生所受的可笑苦难，人家同他捣乱的诡计，他那种多愁多难的古怪外表，他所听见的情史恋歌，他所碰到的各样各色人物，他每到一个地方立刻生出来的许多灾祸事故（一大堆有趣的事情），他们得到一种简单纯粹的快乐，或者他们同样高兴地读到他的挨打、受捶、脸孔给人家抓破同在泥洼里打转，这些他天天尝着的事情。这就是说，不大注意或者毫不留心吉诃德先生本身的人们也可以由那书里的活泼热闹情境得到趣味；他的书确是充满了这

① 莎翁的父亲是Strattord地方的高等典吏。——译者注

活泼热闹的情境。

我们对塞万狄斯自己一生的经验没有什么充分的记载，他的经验是结晶在这本书里，他最伟大的著作。我们知道他是个军人，在拉朋吐地方同土耳人打仗，他的左手受伤变成了残疾；过几年他又给摩尔人监禁起来，在亚鲁格尔斯过了五年的囚奴生活；他同旁人合伙想法逃走，被人发觉，当受审问的时候，他将全部责任推到自己身上；最后借他家族同朋友的力量被赎回来，回到西班牙去，在那里勉强地过一个穷文人的生活，有时干些政府给他的差事，就这么样子再活了三十六年。他作过十四行诗同戏剧，把他家里东西拿去上过当铺，还很知道监狱的内容。在一六〇五年——就是说，在他五十六岁时候——他出版第一部的《吉诃德先生》，从此以后享了盛名，虽然他的穷困还是继续着。在一六一五年，第二部的《吉诃德先生》出版，在这部书里作者很有趣味地将他那第一部书拿来开玩笑，把它当作是这故事里面的人物全都知道的一本书。第二年他死了，穿个佛兰西斯教徒的衣服，埋在马德力的一个“三位一体派跣足尼姑庵”里。没有碑石指出他的墓，但他的精神已化作了一个现实同理想两境界里最温文秀雅的君子，在世界上逍遥着，碰着人谈论时，他[1]还是主张世界上最需要的东西是游侠，去尊敬妇女，替被压迫的人们争斗，代天下人打不平。“先生们”，我们还可以听到他说这，“这就是当游侠，我所谈的就是武士派，我已经告诉过你们，我虽然不是完人，我却拿这个做我的专业，干这班有名侠士所干的事情；所以我要旅行这些荒野同寂寞的地方，去冒各种危险，我曾考虑过，下个决心，为着要扶弱济贫，我愿将我这手臂同身体贡献给命运呈现在我面前的最大危险。”世界是仍然多惑而且杂乱。“由他们所说的几句话看来，”作者对前面那篇话加个按语说，“旅客们完全相信吉诃德先生有神经病了。”

有句常说的话，好多研究塞万狄斯的人有时也提到，就是说他写《吉诃德先生》的大目的是要消灭武士浪漫小说的影响。真的，他那时候时髦的读品是这些浪漫小说，里面好多是没有价值，有许多是有害的没有价值的东西，这也是真的，就是《吉诃德先生》这部书的布局也把这类小说的弱点痛快淋漓地暴露出来，他这本书的真意可以在检查书籍那件事情里看出，那回牧师、理发匠、管家人同甥女把他所藏的

---

① 指吉诃德先生。——译者注

浪漫小说大部分用火烧去，但塞万狄斯怎样会这么清楚地知道这些浪漫小说，说到它们里面的事情时又是津津有味，详详细细呢？而且，好几本没有受这次普通火葬的，他特别提出名字来，这也是值得注意的事。《高鲁的亚马的斯》留着，“因为这在那类书里算是最好的”。《英吉利的帕鲁买林》也得到同样的赞美；牧师自己都说《白贮能提》是快乐的宝库、消遣的富源。

> 真的，我要告诉你，教母，论这本书的文体，这是世界上最好的书，在本书里武士们也有吃东西、睡觉、死在床上，死以前也做好他的遗嘱，还有旁的事情，都是这类书别本所没有的。

但是塞万狄斯对最好的浪漫小说的敬重，我们可以由他常将它们的书名同荷马和维即鲁的诗连在一块提起这点上更显明地看出。所以当他们住在石于拉穆冷拉旷野，吉诃德先生教导山差·邦札时候，他提出乌利西斯[①]做谨慎同耐心的

---

① 荷马所作史诗里的英雄。——译者注

模范，意尼斯算作最大的孝子能将，亚马的斯却真做“被一位贵女迷住了的勇敢武士们的北极星、启明星同太阳”，“这班武士在爱情同游侠的旗帜下打仗，都是我们的好榜样”。若使一部这么大胆，想象崭新的著作，大部分目的却在破坏方面，那真是一件奇事，而这本书也只像个清道夫，不能得我们什么大敬礼。实在因为这本书的方面极多，一切趣味信仰都能由里面抓到一个根据。这书的真髓是一种讥讽，但是太深了，只有几个读者能够看透。好像一个矿，深处下面还有深处，许多好宝贝在容易走到的那层也可以得到。一切用讥讽来批评人类不对的意思同理论时，不是用一种另外更不对的意思同理论来代替，只是将事实放在那理论旁边，做个没有说出但看者自知的评语。“宇宙之王”是个讥讽大家；人类也可以分得些他这种用事实洗净理论的快乐。比较孱弱好争的人们常常要事实来帮他那无聊的理论的忙。像塞万狄斯这样一个严肃精深的人知道事实是不能忍受这种奴使。它们不肯由那要它们下个判断的人那里得到命令，它们也不愿只在人家要它们说话时节说话。它们常常非常惊人，毫不相干地忽然冲进那人们细心料理得很好的计划里。它们不是解释得通的，好多人自己以为很有把握不会受惊，却给爱情同死亡吓住了。

《吉诃德先生》书里最浅的那层讥讽，谁也看得到，谁对这容易了解的讥讽，也感到趣味。这位糊涂老先生想把他那老旧的思想在这忙碌自私平庸粗俗的世界上应用，就是由知识能力最下等人看来，也觉得是一个可笑的人物。但是再想一下，我们的轻浮乱笑就会有一个制止了。天下所有的道德好心是不是都同吉诃德先生在同样的情形中呢？作者到底是不是要说，世界已经很好了，所以这班想去把它再变好的人们是错的？若使这是他的意思，为什么在我们念这书时节，我们一步一步地觉得这位武士先生更可爱，等到最后我们对他的爱敬简直是无限量的？书中所含的批评会不会像个两边都锋利的刀，而我们看着很高兴地狂笑的事情会不会就是世界上的缺陷呢？

塞万狄斯写这部小说时的一件奇事是他那绝对忠实同坦白的态度。他并没有什么事情说得半吞半吐，他书里的世界的一切动作是像一个日常事情给个疯子捣乱得乱七八糟的世界。失败接连着失败跟在这可怜的吉诃德先生脚后，他当时又没有什么赫赫虚名可以补偿他这物质上的灾祸。“凡是把我这个人拿来写成一本书的人，”这位武士先生当他同单身汉森卜新谈论时候，他沉思地说，“只能使极少数人高兴。”这位单身汉替他找出的唯一的安慰只有这点，就是天下愚人的数目是无限的，他们却都喜欢他冒险故事的第一部。做一个例来说明塞万狄斯写小说的方法，让我把一个这武士最初的冒险故事拿来述一遍，就是那回将小孩安特烈斯由压迫者手里救出的事情。当吉诃德先生成了武士的第一天，那时他还没有一个从卒，他骑马离开了小旅馆时，吉诃德先生听到邻近丛林里有悲诉的呼声。他谢谢上天这么早就给他一个履行他职务的机会，他把马转到那里去，在那里他看到一个农夫打着一个小孩。吉诃德先生用了武士那一套礼节，将那农夫叫作懦夫，挑战他来两人对打。[①] 农夫看到出现了这样一个罕见的怪物，心里害怕，就解释说这小孩是他的仆人，粗心得很，每天总要丢一只羊。这事最后解决的法子是农夫恢复小孩的自由，答应还给小孩他所欠的工钱，这位武士心里很高兴地骑马走了。农夫就将小孩重新捆起，比平常更厉害地打他一顿，最后才松开绳子，叫他去找他的保护者再来申雪。“因此这小孩哭着走开，他的主人站在后面大笑；勇敢

① 按骑士习惯，必先受人侮辱然后才比武，所以吉诃德先生故意骂农夫一句，给农夫一种比武的借口。——译者注

的吉诃德先生是这样替人抱不平的。”后来当这武士同从卒在旷野时候，刚好那里偶然有一群人，那个小孩也在内，吉诃德先生就述他关于救人的故事，做游侠给世界以利益的一个例子。

“你老爷所说的，全是真的，”那小孩子答应，“但是事情的结局同你老爷所想的大大相反。”“怎么相反？”吉诃德先生说，“以后他没有还你的钱吗？”“他不但没有还我钱，”那小孩说，“而且你老爷一走出森林，只剩我同他两个人的时候，他重新把我缚在起先那个树上，鞭打我那么厉害，使我简直变作同圣巴所落姆一样地剥去一层皮[①]；每打一下，他就说几句滑稽或者轻蔑的话，来嘲笑你老爷；若使我不是受那么多苦痛，我对他所说的话简直会笑起来……这么多事情全是你老爷弄出来的，因为若使你走你的路，不管旁人的事，我主人打我一二十下，也就会打够，以后他会把我解下，还我

① 圣巴所落姆是被人剥皮弄死的。——译者注

他所欠的钱。但是因为你老爷侮辱了他，骂了他好多话，把他的怒气激起来了，他因为不能在你身上报仇，就把他全部的雷霆发在我身上了。”

吉诃德先生悲哀地认了错，自己说他应当记着“没有坏人会践言的，若使他觉得不大方便照他所答应的话干”。但是他允诺安特烈斯，说要替他报仇；听这话，小孩又害怕起来了。“为上帝的爱起见，游侠老爷，”他说，“若使你再碰着我，看我给人砍作碎块，请你也不要救我，也不要帮助我，还是让我挨苦痛好；因为无论多大苦痛，总不及由你老爷帮助我以后，我所受苦痛那么大——我愿上帝使你同一切生在世上的游侠都倒了霉！”说着他就跑开了，吉诃德先生听这故事自己觉得很惭愧，所以其余人要很小心不笑出来，免得使他难堪。

书里没有一处地方，塞万狄斯使读者忘记了这样的事，就是说，替人打不平的人在这世界上绝不要希望得到什么成功同赞美。真像查理斯·兰姆所说，这个文雅英武的好汉所受的一大堆侮辱差不多使读者看得都不高兴。他挨打、被踢、牙齿也遭打落，只好自己安慰，心里想这些苦痛都是干这种事业的人所常受的；他脸上被人满满地涂上泥，他很严肃地答应那愚弄他的人们的嘲笑。当他在旅馆里骑在马背上做哨兵来保护那些睡眠者的时候，管马厩的一个女仆马力多尼斯，让他把手伸到上层窗口，或者也可以说是草棚的围墙上一个圆洞，在那里她将一个活结滑到他的手腕节，那绳子就坚固地结在草架里面的一个杠子上。若使他的马走开，他就有一个手吊着的危险，在这样情形中，他一直站到天亮，那时有四个旅客在客栈门口打门。他立刻向他们挑战，因为他们这样打扰他所保护的睡觉者实在是个无礼行为。就是和他很有感情，照顾他的公爵同公爵夫人也很愿意同他开些粗野的玩笑。这是当他做他们的客人时候，他脸孔给故意被赶到他房里的一群惊慌的猫全抓破了。村里的朋友对待他还好些，但是他们带他回家时，用杠子抬个有格子的笼，将他像个野兽放在里面，给群众观赏；他自己想，“因为我是世界上一个新武士，是头一个将这已经忘了的游侠举动恢复起来，这或者是一种新发明的用魔力囚闭人的法子”。他的精神总是超在一切患难之上，他的心始终是像云净天空一样地晴明安静。

但是人们可以反对说吉诃德先生是疯子。这里塞万狄斯的讥讽是更深了一层。吉诃德先生是个心境高超的理想主义者，他用他自己的先见来照看一切东西。由他看起来，每个女人都是美丽可钦的，无论对他说的什么话都值得很注意很尊重地听着；每群人，就是随便在客店聚集的客人们，都是根据了互相关心同看重的严格原则而成立的社会。他的行为是由这些意思脱胎出来的，所以人们笑他挨了许多苦，但是他有一个从卒山差·邦札，这从卒却是个实际主义者，爱吃贪睡，用常识来看世界的真状。我们或者会想山差·邦札是神经健全的，可以当个标准来量他主人神经错乱的程度。简直不是这么一回事，山差·邦札在他特别方面是同他主人一样疯的。若使那个是给幻想弄糊涂了的，这个便可以说是被常识弄糊涂了，那可笑的行为是同样的。这种情形可以在那海岛的问题上很清楚地看出，那海岛是当吉诃德先生得到王国的时候，要托山差去管理的。虽然任何胡闹的生意人的大话山差都可以看穿，他却立刻承认他主人是没有私心，诚实不欺，对他所说关于海岛的事情完全相信。他对于这海岛计划用了好多的心思，发表了许多的批评。有时他宣布总督的地位同他很不合式，说他的老婆一定做不出一个很大方的总督太太。有时他却热烈地说好多才干不如他的人都做了总督，天天用银盘吃饭。后来他听说若使得不到海岛，会赏他大陆上一块地，他立刻先行说好他的领土要在海边，为的他可以在他的人民身上发财，把他们卖了当奴隶去。说山差是疯了，并不是替塞万狄斯辩护；这种含蓄的意思在那本书里也可以看出，而且有意地重复说着。“真的，”理发匠对从卒说，“我开始想你应当跟他同在笼里，你同他是一样地给什么东西迷住了。在一个不幸的日子，你心中得到他那给你做海岛总督的允许，当你所心想的海岛这个观念跑到你头里时候，这是个可以悲哀的时间。”

所以这两个人由他们邻居看来都是疯的，但是这书里大部分的聪明思想都是他们的，当他们都不说话的时候，那书就降到是仅仅平常的作品了。这意思在书的本身里面也常常承认过，点了出来。有的是武士，有的是从卒，说的话使听的人觉得奇怪，说话说得这么聪明公平、透彻的人，做事竟会傻到那样子。真的，那本书是有趣谈话的天堂，书里什么题目都是用一种新眼光来谈论，用新外表呈现在我们面前。戏剧式的背景，就是说这本书的真意是永远不会忘记的；但是所说的话是那么好，就是由那背景里拿了出来，那话也是很夺目的，虽然没有放在书里时候那么灿烂。什么当他自己想着将来同一位基督教或者异教的公主求婚的名义，什么话能够比吉诃德先生谈到门第问题时所说的更妙呢？“世上有两种门第，”他说，“那不同的地方是——有种人现在虽然不阔，而从前却是阔过的，还有是从前虽然不阔，现在却阔起来了的；所以当考究这件事情的时候，我也可以成为一个由高贵著名的门第出身的人，使那国王，我将来的丈人，一定会满意。”什么话能比山差辞总督之职的报告更聪明呢？“昨天早上我离开那海岛，岛的情形同我到的时候是一样的，街道房屋盖瓦还是那么样子。我没有向谁借过钱，自己也没有跑去混钱，虽然我想定几条可以挣钱的法律，但是我怕这些法律不能实行，那就同没有定一样，所以我一条也没有定。”这对英雄在漫游中所碰到的人们里好多给他们的谈话迷住了。不止这样，而且这两个漫游人所住的想象世界现出来这么可爱，他们思想的传导是这么强烈，所以还没有到末卷时候，一大堆不同的人们，由公爵、公爵夫人一直到村里人，早已把自己的事情搁在一边，来弄这以假为真的把戏，变作吉诃德先生迷梦里面的人物。世上找不出一个像把拉替力亚的国，但是知道山差的人们非常想知道他当总督时候的行动，所以公爵为这个目的，借个乡村给他，山差把这村布置得很好，也没有国家官员。这样子，这两位说空话者的幻想差不多能够实现一些出来，找不到的幸福，就由吉诃德先生的梦来制造。

书里面没有一件事比武士同从卒渐渐的互相亲爱、互相赞美这回事更为动人。每个人深深地尊敬对方的智慧，虽然吉诃德先生因为在说话上爱那温文有致的官话，好几次不满意山差那种一大堆的俗语。每个人都受对方的影响，骑士坚持着用平等的礼遇对待他的从卒，使那可怜的山差最后声明就是把世界上所有的国家都拿给他管理，也不能引诱他使他离开、不再伺候这可爱的主人。那么对这嘴里随便说聪明话的两个傻子，我们要做何感想，创造这两个人物的作者又要做何感想？“你要注意，山差，”吉诃德先生说，“天下有两种美——灵魂的美同肉体的美。知识，谦恭，良好的行为，慷慨，以及好教养，这些好处都是属于灵魂的美的；一个外貌很丑的人可以有这么多美德……我很明白，山差，我长得不漂亮，但是我也知道我没有残疾，一个有体面的人只要不像个妖怪也就行了；若使他有我上面所说那灵魂的好处，他便会得人家的敬爱了。”有时，当他的疯狂到了极点，这位武士差不多像个得了灵感的人。所以当牧羊人招待他以后，他为着要谢他们，献身来保护牧羊女郎的令名和美丽，去反抗一切有旁的意思的来人，他还说出他那关于感谢的奇怪的短篇演说：

大概，赠予的人是比接收的人高一等；因为上帝是个超乎一切人之上的大赠予者，所以上帝比一切人都要高一等；人们的礼物不能够同上帝的礼物相比，因为中间有无限长的距离；接收的人的感谢可以补偿人们礼物的有限同不及的地方。

这种疯癫，我们只怕其不多。当单身汉森卜新穿上“银月武士”的衣服，在争斗中打倒吉诃德先生的时候，亚东尼乌先生骂他的话一些也不错：

啊，先生，你想把世界上最可爱的疯子变成个明白人，你这种损害全世界人类的罪过，希望上帝能够赦你！你看见没有，把吉诃德先生医好后所得的利益绝对赶不上他疯狂所给我们的快乐。

若使全世界不像吉诃德先生那样疯起来，也不像山差那样发财疯，却是有一种平凡乏味的疯狂，一个在信仰同怀疑中间将就的折中妥协办法，那岂不是更糟吗？一切人性质里都带点吉诃德的气派。在好多事情里，我们可以算出他们是计较利害，按照习惯，跟着老路走，等到忽然间来了问题，那时他们不肯再去计较利益；他们采取一种主义，坚持到底同金刚石一样的硬。一切人都知道自己有山差这种心情，当山差说：

> 我曾经听到说教师说我们应当爱上帝本身，不要给光荣的希望或者苦痛的恐惧所动而去爱上帝；但是，就我个人而言，我是因为上帝能够替我干什么事情，才去爱上帝的。

这两种心情，吉诃德的心情同山差的心情，好像将人生大部分的光荣同大部分的安逸，一边分一半去。给一种心情完全占住了的人是很不容易找出来的。一个从头到尾总是怀着这老不长进的山差的心情的人会成个无赖汉，虽然若使在一切动作中他还保持一种好脾气，他倒是一个有趣味的无赖汉。一个存吉诃德心情的人会变作很像一个圣人。世上基督教会的圣人们对这位拉曼差的武士的性格不会觉得有什么莫名其妙看不清楚的地方。有些圣人或者会比吉诃德先生知道得更明白，相信塞万狄斯所编的吉诃德先生动作的全部记录是对圣人性格的一个贡献和一个批评。他们一定会看出这部书里宗教的真髓，好像世俗人当很容易地相信自己的高明的时候，忽略过看不出一样。他们懂得谁失丢了生命就会救这生命，他们一定不觉得困难去了解为什么吉诃德先生同与他相当程度的山差自己愿意当傻子，为的是这样子，他自己同世界能够变成聪明些。最重要的是他们会鉴赏吉诃德先生那更龌龊的灾祸，因为不像那班根据光轮来认识圣人的群众，他们这些圣人只知道他们所拣的路是受人侮辱的路，基督教是在马槽里养育起来的。

小品文选

当我最后的一个旅伴下去之后，我放下我的报纸，伸一伸我的手臂同我的双脚，站起，从窗口望着恬静的夏夜，我的车子正从那里穿过，我看到尚逗留在北天的淡淡的白昼余意。

译者序

自从有小品文以来，就有许多小品文的定义，当然没有一个是完完全全对的，所以我也不去把几十部破书翻来翻去，一条一条抄下。大概说起来，小品文是用轻松的文笔，随随便便地来谈人生，因为好像只是茶余酒后，炉旁床侧的随便谈话，并没有俨然地排出冠冕堂皇的神气，所以这些漫话絮语很能够分明地将作者的性格烘托出来，小品文的妙处也全在于我们能够从一个具有美妙的性格的作者眼睛里去看一看人生。许多批判家拿抒情诗同小品文相比，这的确是一对很可喜的孪生兄弟，不过小品文是更洒脱、更胡闹些吧！小品文家信手拈来，信笔写去，好似是漫不经心的，可是他们自己奇特的性格会把这些零碎的话儿熔成一气，使他们所写的篇篇小品文都仿佛是在那里对着我们拈花微笑。

小品文同定期出版物几乎可说是相依为命的。虽然小品文的开山老祖蒙田是一个人住在圆塔里静静地写出无数对于人生微妙的观察，去消遣他的宦海余生，积成了一厚册才拿来发表，但是小品文的发达是同定期出版物的盛行做正比例的。这自然是因为定期出版物篇幅有限，最宜于刊登短隽的小品文字，而小品文的冲淡闲逸也最合于定期出版物读者的口味，因为他们多半是看倦了长而无味的正经书，才来拿定期出版物松散一下。所以在这集里，我忽略了奸巧利诈的培根，恬静自安的遗老沃尔顿，古怪的布朗同老实的考利，虽然他们都是小品文的开国元勋，却从斯梯尔起手，因为大家都承认斯梯尔的《闲谈者》是英国最先的定期出版物。中国近代的文坛岂不也是这样吗？有了《晨报副刊》，有了《语丝》，才有周作人先生的小品文字，鲁迅先生的杂感。我只希望中国将来的小品文也能有他们那么美妙，在世界小品文里面能够有一种带着中国情调的小品文，这也许是我这样不顾鲁拙，翻译这部小品文的一些动机吧!

现在要把这二十位作家约略地说几句。在这二十位里，四位是属于十八世纪的，四位是属于十九世纪的，其他那十二位作家现在都还健在。斯梯尔豪爽英迈，天生一片侠心肠，所以他的作品是一往情深、恳挚无比的，他不会什么修辞技巧，只任他的热情自然流露在字里行间，他的性格表现得万分清楚，他的文章所以是那么可爱也全因为他自己是个可喜的浪子。他的朋友艾迪生却跟他很不同了。艾迪生温文尔雅，他自己说他生平没有接连着说过三句话，他的沉默，可想而知，他的小品文也是默默地将人生拿来仔细解剖，轻轻地把所得的结果放在读者面前。约翰逊不是小品文名家，但是他有几篇小品文是充满了智慧同怜悯,《悲哀》这篇就是一个好例子。哥尔德斯密斯和斯梯尔很相似，不过是更糊涂一点。他的《世界公民》是一部我百读不厌的书。他的小品文不单是洋溢真情同仁爱，并且是珠圆玉润的文章。华盛顿·欧文就是个私淑他的文人，还只学到他的一些好处，就已经是那么令人见爱了。以上四位都是属于十八世纪的，十九世纪的小品文多半是比十八世纪的要长得多，每篇常常占十几二十页。兰姆是这时代里的最出色的小品文家，有人说他是英国最大的小品文家，不佞也是这样想。他的《伊利亚随笔集》是诙谐百出的作品，没有一个人读着不会发笑，不只是发笑，同时又会觉得他忽然从个崭新的立脚点去看人生，深深地感到人生的乐趣。哈兹里特是个最深刻不过的作家，但是他又能那么平易地说出来，难怪后来的作家像亨利、斯蒂文森对他总是望洋兴叹，以为不可复得。他写有好几本小品文集（《素描与随笔》《席间闲谈》《直言者》《温特斯洛》）同许多批评文字（《时代精神》《有关英国诗人的讲演》《有关英国喜剧作家的讲演》《莎士比亚戏剧中的人物》等）。他又是英国文学史坐头把椅的批评家。亨特是整天笑哈哈的快乐人儿，确然他一生里有许多不幸的事情，他的人生态度在他这篇《在监狱里》可以看出。他的下牢是因为他在报纸上攻击当时皇太子。他著有一部很有趣的《自传》。约翰·布朗是个苏格兰医生，有一回霍乱盛行，别的医生早已逃之夭夭了，他却舍不得病人，始终是在病城中服务。他是个心肠最好的人，最会说牵情的话，他的杰作是一部散文集《有序的女神》，他自己喜欢狗，谈起狗来娓娓不倦，他那篇《瑞博和他的朋友》是谈狗的无上佳文，可惜太长了，不能收在这本集里。近代的小品文又趋向于短篇了，大概每篇总过不了十页。含蓄可说是近代小品文的共同色彩，什么话都只说一半出来，其余的意味让读者自己去体会。切斯特顿的风格是刁钻古怪，最爱翻筋斗，说似非而是的话的，无精打采的人们念念他很可以振作精神。贝洛克是以清新为主，他最善于描写穷乡僻处的风景，他同切斯特顿一样都是大胖子，万想不到这么臃肿的人会写出那么清瘦的作品。卢卡斯是研究兰姆的专家，他自己的文笔也是学兰姆的，不过却看不出模仿的痕迹。林德的小品文是非常结实的，里面的思想一个一个紧紧地衔接着，却又是那么不费力气的样子，难怪有人将他同哈兹里特相比。加德纳的文字伶俐生姿，他在欧战时候写有许多小品文，来排遣心中的烦闷，《一个旅伴》也是在那时候写的。以上五位差不多是专写小品文的，自然也有其他的作品。此外高尔斯华绥是英国当代五大小说家之一，有时也写些小品文，出版有二三部小品文集子——《安宁的小旅店》《西班牙城堡》，他的笔轻松得好像是不着纸面的，含蓄是他的最大特色。默里是英国文坛宿将，一个有数的批评家，他极赞美俄国近代文学，对于陀思妥耶夫斯基尤为倾心。他的名著《风格问题》是一部极难读而极有价值的书。这篇《事实与小说》是从他的小品集《素描》里选出来的。其他几位比较不重要些，下次再谈吧！

去年此日，正将去年春天所译的十篇英国小品文注好，交开明书店的老板去，当时满想写一篇三万字的序文，详论小品文的性质同各代作家，人事草草，结果是只写出一千多字的短序文。今年开始译这部小品文集时候，又动了这个念头，还想了不少意思，打了许多腹稿，然而结果又仅仅是这么几句零碎的话。对着自己实在有点难为情，真是“人生何事说心期”！

梁遇春

一九二九年八月十三日于福州

斯梯尔

伉俪幸福

我的妹夫脱兰启拉斯离开了伦敦，要好几天才能回来，我的妹妹真妮遣人传话，说她想来望我，和我同餐，所以最好是没有别人在座。我就照着她的话办去，看她端庄地、俨然一家的主妇样子走进房来，我心里的确非常喜欢，我想这种态度于她是很合宜的。我一看就晓得她有好多话要对我说，从她的眼睛同脸上的神情，我很容易猜出她心中是十分满意，正欲说给我听。但是，我已经下了决心，要让她自己讲出那一套话，因此她不得不用千般小计同暗示，希冀我会向她提起她的丈夫。一看到我是决意不说到他的名字，她只好自己先说出来。“我丈夫，”她说，“问您的好。”我仅淡淡地答道：“我希望他也很好。”不等她的回话，立刻又谈到别的题目上去了。最后她真生气了，微笑着，含嗔带恼的样子，我从来没有看见她有这样可喜的风姿同豪爽的气概，她对我说：“我真没有想到，哥哥，你的性情是这么乖僻。我一进了门，你就知道我是一心一意打算来同你谈论我的丈夫，你却偏不肯给我机会，这也未免太狠心了。”“我不知道，”我说，“也许你讨厌这个题目。你总不至于以为我是一个陈腐古板的老头子，款待一个年轻姑娘的时候，会用她的丈夫来做谈话题目。我晓得她所最喜欢听的是谈论她的未婚夫，但他变成了她的丈夫，我们去谈论呵，（就要讨没趣了！）真的！真妮，我并不像你所想的那样子不懂礼节。”听着我这几句调侃，她稍稍有些不悦神气；从她这种昂头自许、愤愤不平里，我看出她期望人们此后不再看她是真妮·的斯塔夫姑娘，却是以脱兰启拉斯太太之礼待她。她这种新心境我也很喜欢；跟她闲谈几件事情，我免不了觉得她丈夫的癖性同态度很显明地现在她的论断里，她的词句里，她的声调里，甚至于她脸上表情里。这使我感到不可言喻的快乐，不单是因为我替她所找的丈夫能够教她这许多值得赞美的举动，并且因为她这样模仿他我认为是她整个心儿爱他的最好表征。这种推测我未曾看见有不应验过，虽然我记不起有谁说过这个意思。女性天生的害羞使她不便向我明说她自己的爱情是多么热烈，但是当她描摹他的性格给我听时候，我很容易窥出她的真情。“我所能希望的好处，”她说，“脱兰启拉斯真是完全具有；你先前告诉我一个良好的丈夫会给他的妻子以爱人的眷恋、父母的慈爱同朋友的亲密，这些快乐我全能够由他那里得到。”我不禁狂欢，看她说时候双眼满溢着挚爱的泪。“好妹妹，”我说，“得到这样一个人是不是比在跳舞会里、集会里穿着妖娆的衣服做出小小的胡闹快乐得多，我从前却费了天大的劲才劝服你看轻那些东西。”她微笑地答道：“脱兰启拉斯在几个星期里说得我痛悔前非，变成另外一个人，虽然我恐怕你就是劝了一生也做不到这样的地步。老实地告诉你，我现在只有一个恐惧徘徊在我心里，常常当我在万分满意之中，使我顿然感到烦恼：你一定知道，我怕的是在他眼里我不能够永久保存像目前这么可喜的模样。你知道，毕克司达夫哥哥，你有魔术家之名，若使你能够传给妹妹一种驻颜的秘术，我的快乐真是胜过于我做了大千世界的主人，就是你在星夜里指给我看的——”“真妮，”我说，“用不着向魔术求助，我要教你一个简单的法则，绝对能够担保你会在像脱兰启拉斯那样钟爱你的性情、又温和又合理的男人眼里始终是一个可喜的人儿。努力于取得他的欢心，你就一定会得到他的欢心；永久保存着你现在求这种秘术时候的心情，我敢包你绝对不会有需要这种秘术的机会。一种不可侵犯的贞节、欣欢的心境同温和的性情在标致脸庞的各种娇媚引力失丢之后，仍然能够继续存在，并且会使她的爱人看不出她容颜的渐渐衰老。”

关于这点我们谈了好久，我俩同样地喜欢讨论这个问题；我要承认，因为我很深切地爱她，所以当我为着她的好，去教导她的时候，我觉得非常快乐，她自己接受这些教训时也是同样快乐。因此我就将这类意思恳切地开导给她听，告诉她我自己偶然晓得的一段奇怪事情的经过。

有一回，我们几个人正在乡村的一位朋友家里宴饮，教区里礼拜堂的下级职员稍有些惊愕神气走进房来，告诉我们，当他在圣坛旁边掘墓时候，他的鹤嘴锄轻轻一击，却打开了一口朽烂的棺材，里面有几张写着字的旧纸。我们的好奇心立刻动起来，就走到这位下级职员刚才工作的地方，看见一大群人围着墓旁。内中有一位老妇人告诉我们埋在里面的是一位贵妇，至于她的名字，我觉得不便提起，虽然这段故事没有一点不是增加她的荣耀的。这位贵妇过了几年伉俪之爱的模范生活，她丈夫去世后没有多久她也跟着死去，她的丈夫在道德同感情两方面可以说都配得上她的性格，她弥留时要求他所写给她的信，结婚以前同以后，全要埋在棺材里，同她在一块儿。我检查后，知道所说的信就是我们面前这些旧纸。有几封因为过了这么长的时间，变成破碎不堪，我只能东鳞西爪地瞧出几个字，像“我的灵魂！白百合！红蔷薇！最亲爱的天使！”这类的话。有一封是全篇都可以看得清楚的，内容是如下：

小姐：

若使你想知道我的爱情是多么热烈，请你想一想你自己是多么美丽。你那如花的脸庞，雪般的酥胸同婷婷的身材，无时无刻不是回绕在我的想象里；你那双眸的光明阻碍我不能关闭我的眼睛，自从前次同你会面时起。你还能用嫣然一笑来增加你的美丽。你一皱眉就会使我变成世界里最可怜的人，因为我是世上最热烈的情人。

拿信里所描状的话同本人现在的情形一比较，大家都觉得悲来填胸，因为现在只剩得几块将变成齑粉的残骨同一小堆快要崩解的尘土了。费了很大的劲，我又读出另一封信，开头是："我亲爱的，亲爱的妻子。"这触起我的好奇心，想去看一看结婚后所写的同求婚时写的文字有什么不同。我真是非常惊愕，看到眷恋之意却倒增加好多，并没有减少，虽然所赞美的是另一种的好处。信里的话是如下：

"在我们这次小别之前，我真不知道我实在是这么爱你；虽然那时我也以为我是尽了爱的力量爱你。我现在非常恐惧，只怕你会有什么麻烦，我却失丢了分忧的机会，我自己也不想有什么赏心乐事，当你不能和我共享的时候。我求你，我亲爱的，好好保养自己的身体，若使不为别的，那么就为着你知道倘然你有什么不测，我是不能独生的。人们离居的时候，常常会说我心匪石、梦寐不忘这类的话，但是对于像你这样值得怀念的人，我的忠实几乎不能算是一个难能可贵的美德，尤其是这不过报答你待我的种种诚恳，自从我们初次认识以来，你是不断地常常给我你挚爱我的证据。你的……"

当我念这封信时候，刚好这对贤良夫妇的女儿站在旁边。一看到这口棺材，里面躺着她的母亲，放在她父亲的遗体邻近，她简直化作一个泪人儿。我曾经听过人们说她的德行非常好，现又看到她是这么纯孝，我摆不脱我的老癖性，总爱教导年轻人们，所以我就对她说出一番话。“年轻的小姐，”我说，“你看‘自然’很慷慨地给你的那类美姿容的据有期间是多么短促的。你晓得你眼前这个悲伤的景象同你刚才所听的关于这件事的第一封信的话是完全冲突的；但是你可以说赞美你母亲的节操的第二封信居然能在这里发现，可以证明你母亲的贞洁诚挚。不过，小姐，我应当告诉你，不要想躺在你面前的尸体是你的双亲。你要知道，他们真挚的爱情得到了酬报，他们实现有比这种同穴更尊贵的结合，他们处在极乐的世界里，不会有第二次离别的危险同可能的。”

艾迪生

恶作剧

我要将下面这封信刊登出来，做读者今天的消遣材料。

先生：

你很知道我们国家是世界里最负盛名的产生所谓“怪人物”同“滑稽家”的国家，所以人们说英国喜剧里人物的新奇同复杂是无论哪一国的喜剧也赶不上的。

我们国家所产生的数不尽的种种怪人物里面，我看起来最觉得奇怪有趣的是那班异想天开、弄出很特别的把戏、替自己或他们的朋友们寻开心的人们。我的信要单述一种怪人物，他们最喜欢召集一班具有同样特点的客人，使人们看着会觉得滑稽可笑。我要用下面这个例子使大家来明了我的意思。前代有一位滑稽家拥有很厚的财产，他却以为开玩笑花的钱是用得最值得的。有一年他住在巴斯[1]，看到那一大群的时髦人们里面有好几个是长下颏的，他自己脸上的这一部分也是很出色的，他就宴请十位这种出色的人物，他们的嘴都生在他们脸孔中间。他们一坐在桌旁，立刻开始彼此睇视，想不出他们怎么会聚在一堂。我们英国的俗谚总说过：

满堂都是胡子

大家一定笑哈哈。

我现在所说的这群人也是一样的，他们看见当饮食谈话的时候有这么多脸孔的尖锐下颏老是摇动着，又看到在会这许多的下颌常常在桌的中央相碰，每人都了解了内中的滑稽意味，大家非常高兴，从那天起他们变成很好的朋友，有什么事彼此也帮忙得很周到。

这位先生后来他又聚集一班他所谓送秋波的人们，就是那班带有不幸的斜视眼的人们。他这次的开心是在观看这许多破碎曲折视线里的一切射眼箭，误会的表示同不经意的目许。

---

① 那里有极好的温泉，是十八世纪里英国时髦人们聚集的地方。——译者注

这位哈哈笑先生的第三次大宴会是请口吃的人们，他集有够坐满一桌的人们。他先叫他的一个仆人坐在布幕后面，将他们酒桌上的谈话记下，这是很容易可以办到的，用不着速记的帮助。由所记下来的看起，虽然他们的谈话没有停歇，食第一道菜时候他们还说不到二十字；等二道菜捧上的时候，有一位在座的整整费了一刻钟工夫，只说小鸭同龙须菜都很好；还有一位花了同样久的时间宣布他也是这样子想的。可是这次开玩笑的结果没有前回那么好；因为有一位客人是个勇士，一肚子的愤怒不知道怎么发泄好，走出房子，送来一张写的挑战书给这位诙谐主人，虽然经过朋友们的从中斡旋，这个决斗也就取消了，但是他也因此停止了这类好笑的宴会。

先生，我敢说你一定会赞成我的意思，以为这类开玩笑既然没有寓了什么深意，是应当阻止的，认作这全是不幸的举动，并不能算为诙谐。但是我们会自然而然地将别人所想出的东西渐渐地修改好，并且单单一个人，不管他有多大本领，总不能够既发明出一种艺术，又使它达到尽美尽善的地步——我现在要告诉你我所认识的一位忠厚绅士，他听到前面所说的那种滑稽，自己也来干一下，却努力于使它变作有益于人类的东西。有一天他宴请六七位朋友来，谁也知道他们个个都喜欢在讲话时用几句特别的赘语，像“你听到我的话没有”“你知道吗”“这就是说”“所以，先生”。每个客人常常用他特有的这些雅句。坐在旁边的人看来自然觉得很可笑的，于是这位邻座人会想到自己，觉得自己在别人眼里一定也是同样的可笑。这么一来，他们没有坐多久，每个人都是万分谨慎地谈话，小心避免他们心爱的冗字，他们的谈话因此丢去了多余的词句，包含有更多的意思，虽然没有那么多的声音。

这位好心的绅士后来他得便又聚集另外一班朋友，他们是沉溺于诅咒这个坏习惯的。为的是要指出给他们看这种习惯的荒谬，他就使用前面所说那个妙法，在房子里看不见的地方安置一个书记生。喝完了两瓶酒，人们不拘地说出心里的话时候，我这位忠厚朋友看出他们坐下酒桌后在他家里说出好许多响亮震耳的废话，他们失丢了不少有意思的谈话，全因为他们要乱说这类用不着说的词句。“他们一定可以集了一大笔的款给穷人们，”他说，“若使我们实行一种法律，彼此互相监督，说一句诅咒就要罚款。”他们都是没有生气地接受这句温和的谴责。他跟着就告诉他们，因为他知道他们的谈论不会有什么秘密，所以他叫人记下，为着好玩起见，要将写下的念出，若使他们愿意。一共有十张，折实起来只有两张，设使没有我前面所说的那种可恶的插话。冷静地念出来，那仿佛是魔鬼聚会的谈话，不像是出自人的口里。总而言之，每人恬静地听到他在谈话的兴高采烈，毫不留意时候所说的诅咒，个个都战栗起来。

我只要再说他的另一次宴会，他用同样的妙策去医好另一类人，他们是文雅谈话的受累者，他们的白费时间是不下于前面所说的两种人，虽然他们是比较天真些，我指那班爱说故事的无聊人们。我朋友找到六七个相识的人，他们全染有这个奇病。第一天，他们里面一位一坐下来就说到那慕尔[①]的被围，一直讲到下午四点钟止，那是他们离别的时候。第二天，所有的谈论全给关于苏格兰人的故事所占有，简直没有法子使他停止，当他们还坐着谈天时候。第三天也是同样地费在一篇同样长的故事的叙述里。他们最后想到这种互相对待未免太野蛮了，因此他们从这类昏睡里醒来，他们患这个毛病已经有好几年了。

因为你在某一篇文章里曾经说过人们古怪奇特的性格是你所最喜欢的野味，我又觉得在这类观察人情的作家里你是

---

① 慕尔是比利时的一省，接近法国。——译者注

最伟大的猎夫或者可说是一位宁禄[①]，若使你肯让我这样称呼你，所以我想这封信里所说的新发现你一定是很愿意听的。

先生，我是你的……

① 宁禄，“为世上英雄之首。他在耶和华面前是个英勇的猎户”（见《圣经·创世纪》）。——译者注

约翰逊

悲 哀

关于扰乱人心的种种热情，我们可以说，它们是自然而然地急趋于自己消灭之途，因为它们鼓励同加快它们目的的实现。比如恐惧催促我们的逃走，希望激发我们的向前；若使有几种热情或者因为受了我们的放纵，弄得失丢了它们达到目的时候所该有的好处，贪婪同野心就常常是这样子，然而它们目前的志向还是想得到幸福的工具，那幸福又是真正存在的，大概是可以望得见的。守财奴总是以为有个数目能够使他心满意足，每个野心家，像皮洛士王[①]一样，心里有个最想占有的东西，得到这个东西，他的穷苦就告终止，此后他的余生要在舒服或者作乐、休息或者虔信里过去。

① 皮洛士是希腊的伊庇鲁斯国王。——译者注

悲哀或者是胸中的唯一情感，不能够应用这几句概括的话，所以值得那班想干保持心境的平衡这个艰难工作的人们的特别注意。其他的热情的确也是种毛病，但是它们必然地使我们得到适当的医治。人会立刻感到苦痛，知道应当用的是什么药，他会更快地去找这个药，因为需要这药的病是这么苦楚，因此，靠着那永不会错的本能，会将自己医好，好像伊恩力亚人[①]所说，克里特岛[②]上受伤的鹿会自己去找治创的野草。但是关于悲哀，却没有什么天生的治疗，因为悲哀的产生常是由于无法补救的意外事情，它又使人们注意着那已经不在的，或者是情形已变的东西。它绝没有希望能够得到它所需要的，它需要自然律去取消，死者可以复生或者既往可以追回。

悲哀不是对于失检或者错误的惋惜，那倒可以鼓舞我们将来的小心或者勤作，也不是对于罪恶的痛悔，不管那罪恶是如何无可挽回的，我们的“创造主”却答应肯将这种痛悔当作赎罪；从这几种原因所引起的苦痛还有很大培养精神的效力，并且靠着认清祸根而痛改前非，我们能够时时刻刻减

① 是古希腊三大民族之一。——译者注

② 是地中海里隶属于希腊的一个岛。——译者注

轻这个苦痛。悲哀却是一种特别心境，那时我们的欲望全放在过去上面。没有往前向将来去着想，不断地希望有些事情从前会不是那么样子，对于我们已经失丢，无法再能得到的几种欢娱或者所有物，怀有一个急迫难忍的需要。许多人沉到这类惨痛里，因为他们的财产忽然减少好多，或者他们的名誉意外地遭瘟，或者是丧失了子女或者朋友。他们受此一个打击，就让自己一切对于快乐的感觉全归于毁灭，终其身再也不想去找别个对象来做替身，填补这个遗憾，甘心度个苦闷愁郁的生涯，消磨自己于无益的自苦里面。

但是这个情感的确是深情挚爱的自然结果，所以不管它是多么苦痛的，多么无用的，在相当的情境之下，若使我们没有感到悲哀，那又是该受责骂的；悲哀的势力又老是那么广大，那么持久，所以有些国家的法律和有些国家的习俗对于因为亲密人们的死亡同一家骨肉的永诀所产生的悲哀的露泄于外的时期，有一定的限制。

大多数人们好像都以为悲哀在相当程度之内是值得赞美的，因为它是胚胎于爱的，或者最少也是可以原谅的，因为它是人类弱点的结果；但是我们不应当放纵它，让它滋长，要在一定的时期之后，能够勉强从事于社会上的义务同人生日常的职务。起先原是无法避免的，所以我们只好让它去，无论我们是愿意不愿意；后来也可以看它是我们对于逝者的敬爱的一种适当亲切的证据；既是天生有情，当然免不了受了感触，并且我们的哀戚，还可以使世人看出逝者的价值。但是在悲情爆发同严肃仪式之外的悲哀，那不只是无用的，而且是有罪的，因为我们没有权利把上帝派给我们用来做分内的事的时间牺牲在无益的渴望里面。

然而这样规规矩矩地开头的悲哀太平常，以致它坚固地霸占着我们的心，以后简直没有法子把它驱逐出去；那些惨然的观念开始是蛮横地印到心上，后来是愿意地吸收进去，垄断了我们全部的注意力，因此压下一切的思想，遮暗欣欢的心情，搅乱推想的能力。一个变成习惯的悲哀捉着灵魂，所有的感官全范围在一个对象里面，这对象没有一回想到时，不是引起绝望的痛心。

从这样沉闷的心情里很不容易升到欣欢喜乐的境界，所以许多厘定精神健康的法则的人们都以为预防剂是比疗病物容易奏效得多，教我们不要心倾于喜欢的享乐，也不可尽兴地去钟爱人们，却是要使我们的心老是超然地悬在冷淡的境界里，那么我们四围的对象尽可变迁，我们却不会感到不便，或者有甚牵情。

一字不差地守着这条法则或者可以帮助我们得到恬静，但是绝不能够产生幸福。他既是对于谁都没有关切到怕失丢了他们，这样的人一生里也尝不到受人们的同情和信任的快乐；他一定无法感到柔情的爱恋同慈悲的热心；有些人有本领使人们高兴，跟着自己也得到应当得到的快乐，这种乐趣他也是没有份儿的。因为没有人配索取比他所给别人的更多的情谊，所以他该丧失他本来应得的人们对他的殷勤好意，那是只有爱才能向人要来的，同宽恕仁慈的恳挚情感，靠着它爱才能减轻人生的苦痛。他是该受心中有更多的热血的人们的忽视同怠慢；因为谁肯做他的朋友，若使不管你如何专心地去求得他的好感，替他干了多少事情，他的主张却不让他同样地来报答你，并且当凡是好意所能的事情，你全干完了时候，你充其量只能使他不做你的仇敌。

想保持生活在冷淡中立的状况里是一种悖理无谓的举动。若使单单将欢乐赶出，我们就能把悲哀摈之户外，那么这个计划是值得很严重的注意；但是既然，不管我们怎样不准自己享受幸福，祸患还是找得出许多的进口，虽然我们可以不受快乐的引诱，免丢因此而起的苦痛，苦痛的来袭还是会迫得我们不能不注意，我们有时真该努力将生活提高到麻木无情这个水平线之上，因为它既是无论如何有时总会沉到悲哀的深渊里去。

但是固然因为怕丢失幸福而不去求幸福是很不合于道理的，可是我们一定要承认，得时的快乐是多大，将来失时，我们的悲哀也是成正比例的；所以这是道德家分内的事，去研究我们可以不可以将悲哀很快地减轻消灭下去。有人以为将心中烦闷一扫而空的最靠得住的办法是用强力将它拖到欢乐场中去。有人却觉得这种转移是太猛烈了，倒是主张先把心慰藉到安宁的境地里，用的法子是使它看到别人的更可怕更可悲的苦痛，将我们那很容易紧紧地盯着自己的乖运的注意力，移到别人的苦难上面去。

这是很可以怀疑的，到底这些药方里有没有一个是够有力量的。快乐这个医法并不是老是容易尝试的，这恐怕是属于那一类药——设使偶然不能医好，是反会致死的。

做事可说是驱逐悲哀的又安全又普通的解毒剂。我们常常看见，在兵士同水手里面，虽他们也是很慈爱的，却只有很少的悲忧；他们看见他们的朋友中弹死了，并没有像在安逸懒惰里的人们那样恣情哀毁，因为他们已经是自顾不暇了；谁能够使自己的思虑同样的忙碌，他对于无法挽回的丧失会同样的无动于衷。

人们常常说时间可以磨掉悲哀，这种效力的速率绝对可以增加，若使事情的递迁能够加快，事务的范围又能扩大，更形出变化多端。

> 你还得等许久，时间才能够减轻你的悲哀；
> 飞到智慧那里去吧，她很快就可以给你安慰。
>
> ——鲁逸思

悲哀是心灵上的一种铁锈，每个新念头经过心中时，都可以帮助磨去一些。它是停滞的生活所生的腐朽，只有劳作同活动才是最好的医法。

哥尔德斯密斯

快乐多半是靠着性质

当我回忆到我年轻时候在乡下里所过的无野心的幽隐生涯，我免不了感到些悲哀，想起那种快乐的日子是不可复得了。在那个僻静的地方，一切自然的东西好像都能够产生快乐；那时我对于享乐并不讲究，粗俗游戏的笨拙举动也能使我开心；我那时以为互相猜哑谜是人类诙谐的极度，拿问题同命令来相难是消夜的最合理游戏。那是多么幸福呵！若使这么美妙的幻觉能够继续存在着。我看出老年同智识只是使我们的脾气更见乖戾。我现在的享乐也许是更讲究些，但是它们的可乐程度比从前的乐事是差了万万倍了。加立克[①]所

① 加立克(1716–1779)，他是约翰逊的学生，十八世纪里最有名的戏子，他自己又会编剧。——译者注

给我的快乐绝不能同我从前看到一位模仿教友派信徒的说教的乡间滑稽家时所得的快乐相比。马泰[①]的音乐可说是不悦耳的声音，一比到我从前所感到的，我们的榨取牛奶的老姑娘唱着“约呢·阿姆斯特朗最后的告别”或者“巴巴剌·阿伦的残忍”[②]，唱得叫我流下泪来。

每代的作家都曾努力指示给我们看，快乐是在我们的心里，并不是从我们的娱乐品得来的，若使我们的精神是很快乐的，任一东西都变作可乐的事情，世上差不多没有愁苦这个字了。每件事情从我们眼里经过好像是一个赛会里的人物；有些或者是很难看的，还有些也许是穿得不整齐；但是除开了傻子没有人会因此同这仪式的总管生气。

我记得曾经在法兰德斯[③]堡垒里遇到一个奴隶，他简直不像感觉到他自己的地位，他的四肢被人们残害了，他的躯体变成畸形，还给铁链锁住；他被迫从黎明工作到黄昏，并且是判定了终身这样干着；可是，虽然有这么多显明的苦痛情况，他却唱着调儿，若使他不是缺了一条腿，一定会跳

① 马泰是十八世纪一个音乐家。——译者注

② 这是英国两首民歌的题目。——译者注

③ 是欧洲从前一块独立区域，现在分属法、比两国。——译者注

舞，看起来真是全要塞里最高兴、最快乐的人。这是多么伟大的一个实行哲学家！一个快乐的性质给他的达观的思想，虽然好像是一点智慧也没有，他却是个真有智慧的人。没有什么学识同研究来点破他四周的仙境。每件物事都给他一个发噱的机会；虽然有人从他这样不感到苦痛推想他是个傻子，然而他这种傻子或者是哲学家所想模仿而模仿不来的。

有些人像他这样能够将自己放在一种特别的境界，在那里一切物事都化为可笑的、有趣的，这种人们从每一个事件里都能找出怡情悦意的地方。最不幸的事体，自己的或者别人的，不能带来什么新的悲哀；由他们看来，全世界是一座戏院，在那里专演着喜剧。一切豪勇英武的慌忙或者野心勃勃的狂言不过用来增加剧中的荒谬意味，使里面诙谐更添锋芒。总之，他们对于自己的困难，或者别人的苦情，没有什么伤心，好似代人经理丧事的人，虽然也是穿着黑的衣服，在埋葬时没有什么悲哀。

我在书里所曾碰到的人物里，有名的累兹主教具有最高度的这种欣欢的性情。他既是个倜傥风流的男子，看轻一切挂起道学的酸腐脸孔，所以无论哪里有欢娱出卖，他常是最肯出价的。他是女性的一个普遍赞美者，当他发现一位姑

娘太忍心了，他常常就爱上了另一个，他期望从她可以得到一个更好的待遇；若使她也拒绝了他的殷勤，他绝不会想起退隐到沙漠去，或者在绝望的苦痛里憔悴着。他劝自己不要想自己现在是爱着那姑娘，只当作他从前曾爱过那姑娘就是了，这么一来什么事也没有了。当“命运”戴上她最愤怒的脸孔的时候[①]，当他最后落在他最凶恶的敌人——马萨林主教[②]手里，变作严重禁锢的囚犯，关在瓦兰[illegible]尼斯堡的时候，他也绝没有想用智慧或者哲学来支持他的苦痛，因为他并不自命自己有智慧或者哲学。他笑他自己同磨难他的人，好像万分喜欢他这个新环境。在这个苦痛的房屋里，虽然同他的朋友隔绝了，虽然剥夺人生的一切娱乐同甚至于衣食住的利便，时时被那班雇来看守他的坏蛋的无礼所戏弄，他仍然保存着他的好脾气，笑他们一切无谓的怨毒，开玩笑到写出他的狱卒的传，来当作报复。

骄傲的人们的智慧所能教我们的是在不幸事体之下倔强着或者默默地愠怒着。这个主教的例子却教我们在最苦痛

① 此处将“命运”拿来人格化，这是十八世纪文人所最喜欢弄的把戏。——译者注

② 马萨林(1602-1661)，他是路易十四朝的宰相，有好几年简直是法国的实际君王。——译者注

的境遇里欣欢着。我们的好脾气，别人会不会认为是感觉迟钝，或者甚至于白痴，这全是不碍事的；对于我们这总是快乐，除开了傻子没有人会用世人的意见来量自己满意的多少。狄克·魏尔德戈斯是我所知道的一个最快乐的傻家伙。他是属于那类性情温和的人们，据说他们没有害谁，只是害了自己。每回狄克堕到什么悲哀的时候，他总是说这是“见世面”。若使他的头被一个轿夫摔破了，或者他的袋子给扒手光顾了，他就去学轿夫的爱尔兰土语或者扒手的更时髦的口吻，借此来安慰自己。由狄克看来，天下里的事情是没有错的。他银钱事体的不当心激怒了他的父亲，以致朋友们替他的从中调解都是无结果的。老绅士在弥留的时候，全家人，狄克也在内，全围着他四旁。“我给我的第二儿子安德鲁，”临死的守财奴说道，“我的全部财产，希望他知道勤俭。”安德鲁用悲哀的声音，在这种时候就例是这样子：“祈祷上天延长老人的寿命同健康，使他自己能够享受这个。”“我将西门，我第三个儿子，托他的哥哥照顾，此外还给他四千金镑。”“唉！父亲，”西门喊道（绝对是很沉痛地），“愿上天给你寿命同健康，使你自己能够享受这个！”最后，转过向可怜的狄克：“至于你，你一向是一个整天嘻嘻哈哈的人，你是永不会变好的，你是永不会发财的，我给一先令作买吊绳用。”“唉！父亲，”狄克喊道，没有露出什么哀情，“愿上天给你寿命同健康，使你自己能够享受这个！”除开说这句话外，财产的失掉对于这位无忧无虑的粗忽家伙简直是没有影响。可是，一位叔父的软心肠补偿了父亲的冷淡；狄克因此不单是脾气极好，并且也还富有。

总之，世界尽可以讥诮一个出现在跳舞场里的破产者，一个对说他是个蠢货的公众付之一笑的文学家，一个对着庸俗的责难微笑的将军或者一个不管人们怎样造谣始终保持着她的好脾气的太太；但是这些是他们所能做到的聪明办法，用消散来抵制灾难绝对是比拿着理性或者决心的武器来抵制灾难高明得多了：用第一个法子我们忘记了我们的苦楚，用下一个法子我们只是将苦楚隐藏起来，使别人看不见；并且同不幸去奋斗我们在冲突时一定会受些创伤。竞争得胜的唯一好法却是逃走。

兰姆

一个单身汉对已婚者行为的怨言

我是一个单身汉，一向费了好多时间，去记下“结了婚的人们”的缺点，借此来安慰自己，因为他们告诉我，我始终过现在这种生活，是失丢了许多高尚的快乐。

我不能说人们同他们妻子的吵嘴曾经给我什么很深的印象，或者怎样地更坚固我这类与社会组织相冲突的主意，这类主意我是早就打定的，却是为着一个更结实的理由[①]。走到结了婚的人们的家里，最常使我生气的是一种和这个大不相

① 兰姆在二十一岁时候，比他长十岁的姐姐玛利·兰姆一天忽然发狂起来，拿桌上的餐刀要刺一女仆，当她母亲来劝止的时候，她母亲却被误杀了。玛利此后每年中常有一两月发狂，其余的时候又是很好，所以兰姆不忍把她关于疯人院里，情愿自己一生不娶亲，一心一意地去招呼她。因为他知道自己一结婚，对于他的姐姐就不能那么尽心了。——译者注

同的错误——那错误是他们太相爱了。

也不是太相爱了——这句话不能够说清我的意思。并且，我何必因此生气呢？他俩为着要更亲密地彼此相伴，把自己两个同世上别人分开，单单这种举动早已含有他俩彼此偏爱胜过世上一切人的意思。

可是我所不满意的是他们那样不隐藏地现出他们的偏爱，他们那样无耻地在我们单身汉面前排场，你只需同他们一起一会儿，他们绝对要使你觉到，用些间接的讽示或者分明的直言，“你”不是这个偏爱的对象。有些事情当暗暗地含在意内或者仅仅姑以为然时，并不会开罪于人；可是一说出来，那就存有不少的侮辱意思了。若使一个人跑去招呼他最初认识的长得不漂亮或者穿得不讲究的年轻姑娘，蠢钝地对她说她的容貌或者财产配不上他，这种人真该挨踢，因为他太无礼了；可是这个意思也同样包含在这件事实里面，当他有向她求婚的路子同机会，却始终没有想向她求婚。这位年轻姑娘也会很明白地知道了这个意思，可是没有个明理的年轻姑娘会想拿这个来做吵嘴的理由。同样地一对结了婚的人们没有什么权利，配用话或者同说出的话差不多是一样地分明的脸孔来告诉我，我不是那种有幸福的人——姑娘所中意的人。我自知我不是那种的人，这已经是很够了，我不爱受这样继续不断的提醒。

炫学同夸富可以弄得使别人很难堪，但是它们还能够有点好处。特意搬出来做侮辱我用的学问或者偶然会增长我的知识；在富人的屋里，在许多古画中间——在他的猎苑同花园里——我最少有暂时享用的权利。但是结婚幸福的夸示却连这些聊以减轻苦痛的好处都没有——那是种十分道地、没有补偿、没有限制的侮辱。

结婚，就是从最好的方面去着想，也只是一种独占，而且是一种最易招忌的独占。一般得到什么独享的权利的人们常有一条狡计，他们尽力地使人们看不到他们所占的便宜，这么一来那班运气赶不到他们的人们既是不大看出他们所得到的好处，或者会因此不大想去争这个权利。但是这群婚姻上的独占者却反将他们的独享权的最可憎的部分强放在我们面前。

天下里我所最讨厌的是新婚夫妇脸上射出的自得同满意，尤其是在姑娘方面。那是等于告诉你，她在世界上已经得个归宿，“你”不能够再对于她有什么希望了。的确，我是没有希望的，也许我并不希望。但是这是属于那类事实，应当，像我前面所说的，认为大家知道的，不该明说出来。

这班人们常拿出顶骄傲的神气，以为我们没有结过婚的人们对于许多事情是没有经验的，若使这种神气不是那样子不合理的，却会叫我更感到不快。我们肯承认他们对于本行的神秘，是比没有福气享受那权利的我们更懂得透彻；可是他们不甘于拘束在这个范围里面。若使一个单身汉敢在他们面前说出自己的意见，虽然是关于最不相干的题目，他们会立刻止住他的口，以为是个没有说话资格的人。不，我认得有一个结了婚的年轻姑娘，最可笑的是她出嫁还不到两星期，当讨论一个问题时候，我不幸同她的意见相反，她居然冷笑一声问我，像我这样一个老单身汉怎配说也懂得些这类的事情。

我前面所讲的可说是算不得什么，若使拿来同这些人后来的气焰一比较，当他们开始生了小孩子的时候，他们多半是会有小孩子的。我一想到小孩子是多么普通的东西——每条街同死胡同里总是有一大群的小孩——最穷的人们在这方面常常是最富有的——结婚了而得不到这种宝贝的人们是多么少数的——多么常见，这班小孩子长大时候变坏了，使他们父母的一场痴望终于落空，走上罪恶的路，结果是穷困、丢脸、上绞架等等——我实在说不出，就是要我的命，也是说不出生了小孩会有什么值得骄傲的地方。若使小孩子真正是雏凤，世界上一年只生一个，那还可以有个借口。但是当他们是这么普通——

我并不是说到生了小孩子后，她们对于丈夫的居功。这件事让他们自己去管。但是为什么不是她们的天生奴隶的“我们”也该献上香料、没药同乳香——我们的贡物同表示我们赞美的敬礼——我真是莫名其妙。

“少年时所生的儿女，好像勇士手中的箭”：我们“诗篇”指定给女人产后感谢时候用的优美的祈祷文是这样说。“箭袋充满的人便是有福”，我也是这样说；但是可不要让他将满袋的箭朝着没有武器的我们发射——就让他们化作一束的箭吧，可是不要来擦伤我们，刺杀我们。我常常看出这类箭是带有两个箭镞的：它们有两个铁叉，这个打不准时，那个一定会打准。比如，当你走到一个住满了小孩子的家庭，若使你刚好没有去睬他们（他或者心里想着别种事情，不去理他们天真的拥抱），他们就断定你是个顽梗的、怪脾气的、小孩子的厌恶者。反过来说，若使你觉得他们是特别有趣的——若使你爱上了他们可喜的态度，认真地来同他们一起乱跳乱闹，他们的父母一定要找出些理由，将他们调动出房外，故意说他们嚷得太厉害了，或者是喧闹得太过了，或者说——先生是不喜欢小孩子的。用这个，或者用那个铁镞，那支箭总能够打伤你。

我能够原谅他们的猜忌，情愿不去玩弄他们的小孩子，若使他们因此感到什么痛苦；但是我想那是很无理的，要我去“爱”他们的小孩子，当我看不出有什么可爱的地方——要我盲目地去爱全家的人，或者八个，或者九个，甚至于十个——去爱所有顶乖的宝宝，因为小孩子是这么有趣的。

我知道有句俗谚说：“若使你爱我，请你也爱我的狗。”这不是老是那么容易实行的，尤其是若使那狗受了唆使来跟你捣乱，或者咬你来开玩笑。但是一只狗，或者一件更细微的东西——随便什么无生命的东西，像一件纪念物，一架表或者一个指环，一棵树，或者当我朋友将出外要好久才能回来，我们最后握别的地方，我能够因为我爱他，而设法去爱这些东西，以及凡是会使我记起他的东西；不过这些东西本身要没有什么意义的，容易接收想象所给它的色彩才行。可是小孩子们有一个实实在在的性格，他们自己有个不可磨灭的本性：他们是可爱的，还是不可爱的，全靠他们自己的价值；我爱他们或者嫌他们，一定要照着我看他们的性质内有什么可爱或者可嫌的理由。一个小孩子的性格是太重要的一件东西，绝不能够把它只看作别人的一个附属品，跟着来受我的爱憎：据我看来，小孩子却有他们自己的价值，像大人们一样。呵！你又要说，但是他们的确是正在可爱的时期——小孩子在稚年时候真有种迷住我们的魔力。不错，所以我对于他们格外苛求得厉害。我知道一个甜蜜可爱的小孩子是自然界最甜蜜可爱的东西，甚至于比他们的幽娴纤弱的母亲还要可爱；但是一类的东西越是悦意．我们越想得到那类中间最悦意的分子。一朵雏菊在艳丽方面跟别一朵没有什么多大的分别，可是紫罗兰却该找那色香都是最精美的——我对于所认得的女人同小孩子也总是喜欢这样子加以挑剔。

但是这还不是顶坏的：最少她们先要让你同她们很亲密，她们才能说你对于小孩子的冷淡。她们总还让你去拜望她们同相当的来往。可是若使那丈夫没有结婚以前一向同你是很有交情的——若使你不是从他的妻子而认得他——若使你不是偷偷地跟着她的裙裾到那家里，却是那家里的一个老朋友，素来是过从非常亲密的，那时他们的婚事简直还没有想到——可是你要当心——那个屋子的享有权你是随时有被夺的危险的——还不到一年，你就看出你的老朋友对于你渐渐冷淡了，态度也变更了，最后他就去找个机会来同你破裂。在所认识的结过婚了的朋友里，我能够信得过他们的恳挚的，几乎没有一个不是在他“结婚时期以后”我才和他生出交情的。在相当程度之下，她们能够忍受这类交情；但是若使丈夫居然敢同人结下了严重的友谊关系，而未曾向她们商量过，虽然那时她还没有认识他——他们现在是夫妇了，那时却还没有见过面——她们觉得这是不可忍耐的。每个有很久历史的友谊，每个靠得住的老交情都得拿到她们的公事房里，按着她们的制度重新盖印过，好像一个皇帝下令将前朝（那时他还没有出世，或者谁也没有想到将来会有他这个人）铸的良好的老钱要重新印过铸过，加上他的朝号，然后才让它通行世界。你们可以猜出在那些“新铸的人物”里面像我这样一个锈色斑斓的古板家伙常常会碰到什么运气。

她们有数不尽的法子，来欺侮你同瞒骗她们的丈夫，使他对于你失丢了信任。无论你说什么，她总是装作很惊愕的样子大笑，仿佛你是个会说俏皮话的怪物，但是的确是“一个奇人”——这是一个法子——她们有一种特别的睇视专做这个用——她们的丈夫本来是很顺从你的主张，愿意忽视你的意见同态度上有些古怪的地方，因为他看出你通常的想头（也不十分粗熟）倒还不错，现在却开始怀疑你到底是不是一个完完全全的滑稽家——那种人是他当单身汉时候的好伴侣，但是若使介绍给姑娘们，却有点不大好。这个可以叫作“睇视”的法子，是最常用来抵抗我的。

此外还有个“形容过实”的法子，或者可以叫作“反语”的法子；那是当她们看出你是她们丈夫所特别看重的人，知道他那种坚固的交情不是这样容易地可以动摇的，因为那是建设于他对于你的尊敬上面；于是你每回讲一句话或者做一件事，她们就拼命地言过于实地赞美，她们的丈夫也很明白这全是为着要悦他的意，心里自然很感激她这么慷慨的举动，等到后来他对于自己不断的感激生了厌倦，就将他的友谊放松一些，把他对于你的热情降下几度，一直堕落到对你只存一种普通的好感，只具有个适度的尊重——一种“相当的感情同皮面的厚意”；这种态度她才能够跟他同情，不至于损害到她的至诚。

还有一个法子（她们达到这么可爱的目的的法子是无穷的）是假装天真无知的神气，老是故意看错她们丈夫起先所以会爱你是为了什么。若使他是为钦重你的道德，才来同你结缔她现在所要打断的关系，她会随意发现出你的说话是太不俏皮了，高声地叫道："我记得，我亲爱的，你说你的朋友——先生是一个大滑稽家。"反过来说，若使他是因为你的谈吐好像很有些妙处，才开始来喜欢你，因此愿意宽恕你在道德方面细微的不轨，她却一看出你这些毛病，就立刻喊道："我亲爱的，这是你所谓道德完好的——先生。"我曾经大胆地对一位太太理论，说她待我的礼貌有差，没有把我当作她丈夫的老朋友看待，她倒是很老实地向我自认，她在没有结婚以前常听到——先生说我，她就很想同我认识。但是一见到我，却大使她失望；因为从她丈夫所说的关于我的话，她造成一个观念，以为她要看到一个漂亮的、长得很高的、有军官的仪态的男子（我用她自己的话），而事实却刚刚是相反的。这可说是很坦白的谈话，我却有点客气，没有去报复她，问她怎么会忽然间对于她丈夫的朋友的外貌有一个同她丈夫自己的外貌这样不同的标准；因为我朋友的身材同我是再相近也没有了，他穿着鞋子时候有五尺五寸高，我却占了便宜，比他差不多高了半寸；他在态度同脸孔上同我一样没有现出什么英武性格的表征。

这些不过是我傻瓜地跑去拜访他们时候所挨的侮辱的几

种。要想把那许多的侮辱一个一个说出，那是办不到的事；所以我现在只将结了婚的姑娘们最常患的一种失礼稍为提一下——那是待我们仿佛是她们的丈夫，待她们的丈夫又仿佛是她们的客人。我是说她们对我们很随便，对她们的丈夫却很客气。比如忒斯他西亚有一天晚上使我等到比我通常晚餐时间迟两三个钟头，她在那里所焦急的，却是——先生还没有还家，弄得那晚上所吃的蚝因为放了太久，全变味了，可是她总不肯对她的丈夫失礼，在他还未回家以前开宴。这是把礼貌的意义弄颠倒了，因为礼貌的产生是为着要免去一种不安的感觉，那是当我们知道自己在别一个人的眼里不如另外一个人那样可爱可敬的时候所感到的。他在细微事情方面对你加倍殷勤，想用此来补偿在重要地方他那种可妒忌的偏爱却是不能给你。若使忒斯他西亚将蚝留着给我吃，拒绝了她丈夫的先行开宴的要求，那么她的举动是非常合理的。我不知道在贞娴态度同端庄举止之外，做妻子的对于她们的丈夫还要拘什么别的礼貌。所以我一定要反对塞拉西亚的为虎作伥的饕餮，她在自己家里的餐桌上，将我吃得正津津有味的一碟摩勒位斯地方的樱桃拿去，送到坐在桌子那端的她的丈夫面前，却换一盘没有那么神妙的洋莓给我的没有尝过结婚乐趣的味觉。我也不能原谅那种轻佻的无礼，那是一位——

可是我已厌倦于这样用罗马的古名[①]来将我所认得的结了婚的朋友——揭示出来。让他们自己去悔过，改换他们的态度，否则我是要把他们真名字的英文字母全写出来，使这类横行无忌的罪人将来有所忌惮。

① 兰姆前面所提的几个名字都是罗马人们所用的名字，他把真名隐去，用这些假名来代。——译者注

哈兹里特

死的恐惧

“我们短促的生命是以一场大睡来结束的。”[①]

死的恐惧的最好医法或者是去想生命是有一个开头的，好像它是有个结局。有个时期我们是没有存在的：这却没有使我们有什么难过——那么，为什么我们更觉得烦恼，一想到将来有个时期，我们的生命会告了终止？我并不希望一百年前，在安女皇[②]朝代，我就已经活在人世，为什么我要那么惋惜，心中那样哀伤，一想到一百年后，在我不晓得是谁的朝代里，我是已经去世了？

---

① 这是莎士比亚名剧 *Tempest* 里的名句。——译者注

② Queen Anne(1664-1714)，英国女皇，她在位时，英国文人极盛，英国的散文可说是在她朝里才成为完善的文学工具。——译者注

当毕克司达夫[①]写他的小品文字时候，我并不晓得他写的是什么题目；不，还要近代些，好像就是前天的事，在乔治第三朝代，当哥德斯密[②]、约翰逊[③]、柏尔克[④]常在环球酒馆相会，当加立克正在极盛时期，当棱诺尔咨[⑤]埋头在他的人物写真里面，当斯腾[⑥]将他的《特立斯特蓝·禅底》分年出版时候，这许多事情都未曾征求过我的同意：我丝毫也不知道当时有什么事情正在进行，下议院里关于美国战争的辩论同邦刻山上[⑦]的开火也没有扰乱着我的方寸，可是我那时并

---

① Bickerstaff这个名字是刻毒的Swift用的假名，当他写文章同一个做历书的人为难的时候。——译者注

② Oliver Goldsmith(1728-1774)，他是十八世纪里最可爱的文人，年轻时候浪迹欧洲，靠着吹箫、雄辩等杂技度日，后来回到英国行医，没有生意，只得借卖稿混日子，他著有一本谁也晓得的长篇小说《威克斐尔牧师传》和两篇长诗、几部戏剧以及几百篇绝妙的小品文。——译者注

③ Samucl Johnson(1709-1784)，他是十八世纪里那个出色的大胖子，他著有一部字典，写了许多批评文字《诗人传》同不少的小品文(《悲哀》就是他写的)。——译者注

④ 柏尔克(1729-1797)，他是英国一个大演说家，他还著一部批评名著*Sublime and Beautiful*。——译者注

⑤ 棱诺尔咨(1723-1792)，英国皇家学会第一任会长，当时最有名的画家，他又是约翰逊的好朋友。——译者注

⑥ 斯腾(1713-1768)，英国一个大小说家，他的杰作*Tristram Shandy*是一部怪书，里面有许多猥亵话，却又含有好多极精妙的对于人性的观察。——译者注

⑦ 是英国革命首先起事的地方。——译者注

不觉得这样情形有什么不对——我也没有吃东西，也没有喝酒，也没有拼命作乐，但是我一句怨言也没有说。那时我还没有看到这个生气勃勃的世界，但是我也是好好地过去；世界没有我，并不感到什么不方便，同我没有世界，也不感到什么不方便是一样的。那么，为什么我要做出这许多凄呼惨号，因为将同这世界离别，又回到从前的境地里去？回想起在某一时期，我们是还没有来到这世界里，并不会使我们“胸中作呕”——为什么我们会起反感，一想到将来免不了有一天我们要走出这个世界？死去只是恢复到我们出世以前的境界；可是没有人觉得什么追悔，或者惋惜，或者憎恶，当他记起他曾有个未到世界的时期。那个时期倒是一个很好的休息，使我们的心灵可以轻松一会儿，真好像我们的放假时期：我们那时用不着走上人生的舞台，去穿红着紫或者挂一件百结衣，去大笑或者哀啼，受人们的嘲骂或者捧场；那时我们偷偷地隐居着，舒服得很，远离开人世的灾难；我们睡了万万年，还不愿意被人叫醒；平平安安地，一些忧虑也没有，度过悠长的幼稚时代，我们那时的酣睡是比小孩子的睡眠还要深沉，还要恬静；隐存在最温柔、最美丽的尘埃里面。我们现在所怕的最坏的却是一个短促、烦恼、发狂也似的生涯之后，在许多空虚的希望同无谓的恐惧之后，又沉到最后的安息里，忘却了人生这一场噩梦！……你们这班武士，十字军骑士，睡在古老的腾普尔礼拜堂[1]的石廊里，在那里地上的空气是静寂寂的，在那里地下却有个更深沉的静寂（隆隆的琴声也达不到地下），你们睡在那里，还会有什么不满意吗？你们还想走出你们这个老家，再去加入“神圣的战争”[2]吗？你们会不会诉苦，说苦痛也不来拜访你了，疾病已经是无法再来和你捣乱，你也还给自然这笔最后的债了，你不会再听到敌人密密围来，或者你心爱的姑娘情谊日淡；并且当地球在永久不停地循环的时候，没有什么声音会穿过地面，来扰乱你们这最后的安眠，那是同你们墓上的大理石一样地坚固，同收容你们的坟墓一样地没有气息！还有你，唉！你，我心中所念念不忘的你：只要我的心还有感觉，我总不能够忘却的你，你的爱情是白用了，你第一次的叹气也就是你最后的叹气，你是不是也安宁地长眠（或者你还会从潮湿的土床里对我哭着诉怨），现在你那黯淡的心也不会还感着黯淡，那个悲哀，因为要你感到那么悲哀，才叫

① 伦敦城里一个大教堂。——译者注

② 神圣战争就是十字军战争。——译者注

你降生人世，也是已经消灭了。

的确，前生这个观念并没有含有什么，会像死后生活的预期那样子激起我们的希望。我们并没有什么不满，以为我们的生命开始得太迟；我们没有更早些出发的野心；我们觉得就从我们出世的时期起，一路奋斗下去，我们已经是够有事情干了。我们当然不能说："我们记得很清楚奈因皇的战争，那时苍老的亚沙腊卡斯同神圣的印那卡斯也曾加入。"[①]我们也不希望能够说这类的话：我们愿意单在故事里碰到他们，站起来，睁着眼睛看他们同我们所相隔的，茫茫似大海的悠悠岁月。那是太早的时代！世界还没有"晒好"，不配给我们居住：我们不想那时就已起床，去外面东跑西走。我们不把我们未出世以前的六千年世界光阴算作我所失掉的：对于这件事我们是一点儿也不关心。我们并不悲悼我们不凑巧，生得太晚，看不到这个长时代里人类生活里假装的跳舞同形形色色的游行；虽然我们觉得心酸，因为我不得不走开我们站的地方，当这个大赛会还没有走完之前。

这两个态度的不同，或者有人要用下面这个道理来解

① 智有所不明，数有所不逮，神有所不通，这两句里的三个人名，译者是有所不能注了。——译者注

释：我们从各种的记录同传说，能够知道安女皇朝代里，或者甚至于亚述[①]各朝里所发生的事情，但是我们没有法子去知道将来的事情，只好等着那件事情发生，我们的切望同好奇心会愈见热烈，我们对于那件事情是莫名其妙的。这种说法是完全错误的；因为如果真是这样子，那么我们一定常常想到格林兰[②]或者月球去探险，而我们通常却绝没有想干这些事情。说句真话，我们也没有怎样竭虑厪怀地去窥探将来的神秘，那不过做个延长自己的生命的借口是了。并不是因为我们怎样有意于在一百年后或者一千年后还活在人间，好像我们并不想在一百年前或者一千年前就已出世：真正的理由却是我们大家都希望现在这个刹那能够永久地延长下去。我们爱维持我们的现状，也希望世界能够老是这样子不变，为着来讨我们的欢心。

“今天的眼睛只盯着今天的东西”——占有着，紧紧地抓住，当能够办得到的时候；不管有多好的交换条件，总不愿意被剥夺去这个东西，什么也没有剩留下来。那是同尘寰永

① 亚述是美索不达米平原北部的一个国家，开国于公元前七五〇年，公元六〇六年被波斯马太加堤联军所灭。——译者注

② 是北美洲以北的一个大岛。——译者注

决，放松我们的紧握，至亲密友，一旦分离，素志未酬，赍恨没地等等的苦痛才产生出这种对于去世的厌恶，“苦难因此得到长久的寿命”，我们的确常常宁愿挨着苦难活在人世。

呵！你这个英武的心！

世界和你立下有这样一个盟约

你们真是不愿意分离呀！

所以生命的爱惜不过是一种已成习惯的依恋，并不是一个抽象的原则。单是“活着”不能“满足人们天然的欲望”：我们切望能在某时期、某地方同某环境内活着。我们更愿意活在现在，“在时间之流的这边河岸和浅滩”，不大愿从将来里挑出一个时期，不大愿，比如，从“千福年”里拿出五十年或者六十年一部分。这可以证明我们的依恋并不是对于“生存”或者“良好的生活”的，却是因为我们有个根深蒂固的成见，总觉得我们目前的生活，像现在这样子，是最值得留恋的。山居的人不愿意离开他的岩石，野蛮人不愿离开他的草屋，我们也是不愿意弃掉当下的生活方式。包含一切它的好处同坏处，去采取任一种可以代它的别个方式。没有一个人，我想，情愿将他自己的生活同别人调换，不管那个是多么有运气的。我们宁其“不活”，而不肯“失丢了自己”。有些人志高意远，他们希望在二百五十年后还是活着，去看一看在那时候，美国会长成个多么伟大的国家，或者英国宪法能够不能够维持到那么久。这类意思是我所不能了解的。但是我自认我希望能够活着看波旁皇朝的倾覆。对于我这是个很重要的问题，愈早发生，我会愈觉得高兴。

没有一个青年的人曾经想过他将来是会死的。他或者会相信别人是会死的，也许肯同意于“人皆有死”这个学说，只当它做个抽象的命题，但是他绝不至于拿它来应用到自己身上。（“人们都以为人们都是会死的，除开了他们自己。”——杨[①]）青春、活泼同血气对于老年是绝对的厌恶，对于死也是一样的；当我们在人生的兴高采烈时代，我们绝不比茫然无思的稚年，会更多些模糊的观念，知道怎样。

这个灵敏温暖的动体会变作

一块搓捏过了的泥土——

① Edward Young(1684-1765)，英国诗人，他的诗句有许多变成了英国的谚言。——译者注

也不能够晓得鲜艳多血的健康同精力会怎样子“变为枯槁，软弱同灰色”。若使在胡思乱想时候，我们拿生命的终止这个概念，当个理论，来想着好玩，这真是奇怪，那好像是多么遥遥无期的，内中有一个多么悠长闲暇的间隔；它那种缓慢的严肃的前进给我现在这种人生的美梦一个多么大的对照！我们望着那水平面最远的边际，心里想还用不着走到人生之路的极端，掉过头来，我们已可以看见走过有多么长的路途；可是当我们一些儿还没有料到的时候，云雾却已经缠着我们的脚旁，暮年的黑影也围绕四周。我们生命的两段溶混为一，两个极端相碰，中间却没有我们所预期的浪漫时代；至于人们所谓的老年时悲壮严肃的深浓光辉，所谓“枯黄的残叶”，所谓秋天黄昏的朦胧转暗的阴影，我们却只感到潮湿的冷雾，罩围着世上一切的东西，当青春精神已经消逝了的时候。世上没有什么，能够引起我们向前瞻望；更可悲的是回首前尘，事事都变作那么陈腐同平庸；简直是一点儿意味也没有。我们生存的快乐已是自己消磨尽了，“成为时间上的陈迹”，不能够再鼓起我们的欣欢：苦痛不断地来袭，使我们倦于人生，弄得我们没有勇气，没有心情，肯在回忆中再同它们相见。我们不欲裂开从前的心灵伤痕，不欲像凤凰那样再恢复我们的青春[①]，也不欲重度过去的生涯。一生已是很够了。树既是倒下了，就让它躺着吧。断然地把账簿合好，账目结清，从此后再也不弄这种麻烦了。

有人以为人生是像探察一条甬道，我们走进去越远，那甬道就变得越狭窄，越黑暗，绝没有回身退出的可能，在那里我们最后因为着空气的缺乏而闷死。我个人并不觉得空气更见浓密，当我走近那狭窄的部分。我年轻时候还更感到这个苦处，那时单单死的观念好像就能够压下成千欣欣向荣的希望，使我血管里的脉搏都见消沉。（我特别记得有一回我有这种感觉，当我念着席勒尔的《卡罗斯皇子》时候，里面有一段死的描写，写得使我差不多难过得通不出气来。）现在我却觉得世界的稀薄，找不出什么可以做人生的支柱，我伸出我的手，想去抓点东西，却什么也没有得到；我太住在抽象的世界里了；人生的赤裸裸真相排在我的眼前，在那空虚同荒凉里，我看到“死神”向我来临。当我年轻时候，我看不见他，因为我眼中有一大群的物事同感情，“希望”又总是站在我们中间，说道：“别去睬那老头！”若使我曾经

① 凤凰老时，积薪自焚，就又变成一个年轻的凤凰了，这自然是属于神话的。——译者注

好好地活过，那么我也不会怎样地惜死。但是我不喜欢快乐的契约还没有实践，就行废除；不喜欢不美满的婚姻；不喜欢幸福的许诺顿行取消。我所有的为人为己的希望全化为焦土，或者剩下些特意来嘲笑我的现状。我真欲把它们重新建筑一番。我欲看人类有个良好的前途，像我才入世的时候那样我欲留下有真价值的工作，做我的遗念。我欲有友谊恳挚的手送我到墓中。办得到这些条件，我是不辞死去，若使我不是十分愿意。那时我要在墓上写着——“感谢同满足！”但是我焦心忍苦得太厉害了，真不愿就这样子白白地操一世的心，挨一世的苦。——回顾起来，有时我觉得好像我也可说是在智识山旁的一场梦里或者阴影里睡过了我的一生，在那里我沉溺于书中、思想中、名画中，只隐隐地听到下面匆忙脚步的践踏声同大群人们的喧哗声。从这模糊蒙昧的生活里醒来，震于目前的情境，我感觉到一种愿望，想走下到现实的世界里去，跟人们一起驱驰。但是我恐怕已是太迟了，还是再回到我的书痴的幻想同懒惰吧！

这并没有什么奇怪，我们是更惯于死的冥想同恐惧，当我们一步步地更走近的时候：生命好像随着热血同壮气的消沉而俱衰；当我们看见身旁的一切物事都受机缘同变化的支配，当我们的精力同韶颜终归于毁灭，当我们的希望同热情，我们的朋友同我们的恳挚离开了我们，我们也开始渐渐地觉得我们是会死的！

我从来没有看见过死，除开一回，那回是一个婴孩的死。这是好多年前的事情。形容是安详而恬静，面貌是美丽而固定。那真像是一个放在棺材里的蜡制人形，四旁撒铺有清白的花朵。那并不像死，却更像是生的模型！不过是没有气息吹动那嘴唇，没有脉搏跳动着，没有景物同声音会再走进那眼睛同耳朵。当我看它时候，我瞧不出那里有什么苦痛；它好像是对于已过了的短促的生之苦痛微笑；但是一看到盖棺，我真是万分难过——好像会使我闷死；可是当礼拜堂墓地角上的苎麻在他的小坟上波浪地起伏时候，迎人的和风却能恢复我的精神，解松我胸里的这个郁结。

一个象牙的或者大理石的雕像，比如特立的二孩纪念碑，我们瞻仰时，觉得有纯粹的欣欢。为什么我们不会悲伤同懊恼，为着那大理石不是活的，或者为着我们担忧它的呼吸很困难？这是因为那大理石是从来没有活气的；我们总以为从生到死的过渡是非常困难，我们的想象看见生同死正在那里肉搏，所以我们将生死的性质很苦楚地混在一起，因此就想才死的婴孩还是要呼吸、要享乐、要东瞧西看，却被死的冰冷的手制止住了，将一切机官锁住，把所有的感觉弄成麻木；所以若使小孩子还能说话，一定会诉出他自己现在的苦况。或者宗教的思想比任何别的东西会更快地使我们的心对于这个变更没有什么反感，因为照它们的说法，我们的魂魄是飞到别的地方去，剩着这个躯体在后。所以通常我们一想到死，我们是把它同生的观念混在一起，因此在我们现在的思想里死才会变作这么狰狞的一个怪物。我们想，我们处在那种情境时会有什么感觉，并不是想死人处在那情境会有什么感觉。

从坟墓之中，自然之声仍然是喊着；
在我们的灰烬里，他们昔日的火长存。

关于这题目，塔刻[①]的《追着自然的光》里有一段值得赞美的文字，我要把它抄出，因为那可说是我所能找出的最好的说明。

① 先生不知何许人也。——译者注

“死尸的凄惨形象，预备给它住的房子的黑暗、寒冷、闭塞同孤寂，我们想起来，会不寒而栗；但是只是对于想象才这样，由理智来看就大不同了；因为无论谁一用他的理智，立刻可以看出这许多情境里并没有什么凄怆可怕的地方：若使那死尸老是好好地包着，放在温暖的床上，房里烧着烘人的炉火，它也不会因此感到适体的温暖；若天一黑，房里接着就燃起成堆的蜡烛，它也看不见什么东西，会觉得开心；若使让它逍遥自在，它也不能应用它的自由，若使有伴侣围绕着，也不会笑逐颜开；它脸上丑怪的形容也不是苦痛，不安或者悲痛的表现。这是谁也晓得的，只要别人一提，他很快就会承认，但是一看到，甚至于一想到这些东西，他还是免不了战栗；因为知道一个活人处在这种环境之下，一定会受极大的苦痛，这些东西在我们心里就常常变作很可怕的东西，给我们一种器械式的恐怖，这恐怖会见增加，一看到我们四旁的世人也都一样战战兢兢。”

在死的恐惧之外，我们常常有一种不必须的、自己愿意加上的苦痛，那是我们爱同情于旁人失丢了我们时的悲哀。若使这是我们对于死的恐惧的唯一原因，我们真有理由，很可以放下心来。乡间墓石上所写的动情的劝告，“请别要为着我悲伤，我亲爱的妻子同子女”等等，多半很快地能够字字发生效力。我们死去，在社会上并没有剩下那么大的一个虚空，像我们自己所想的，我们所不禁那样想，一半是为着要扩大我们自己的重要，一半是想用别人的同情来安慰自己。就是在自己的家里，那裂口也没有那么样大；伤痕的缝口是比我们所预料的要快得多。不，人们常常喜欢我们的“让位”胜过我们“出席”。我们死去的第二天，人们还是照常地在街上走路，数目并没有什么减少。当我们活着时候，世界好像是专为着我们而存在，为着我们的欣欢同娱乐，因为世界的确给我们许多的快乐。但是我们的心儿停着不动了，世界仍然是照常熙熙攘攘着，并没有记着我们，对着我们还是像我们在世时候那样的冷淡。亿万万人的心是空的，没有什么情感，看你我好像是属于月球的人们，一点也不关心。在那星期里的星期日报纸上我们的名字再现一次，或者是在月底有些报纸的死亡栏上，我们规规矩矩地同世人永诀！这并没有什么可怪，我们一离开了这暂时的舞台，就这么快被人们忘记；因为我们压根儿就不大引起人们的注意，当我们还在舞台上面的时候。不单是我们的名字没有传到中国——我们的邻街就几乎没有听到我们的大名。我们自己同世界非常亲密，我们以为这种情谊是彼此共之。这是个显明的错误。可是，若使我们现在不会因此而觉得难过，将来也是同样地不会的。一掬的尘埃不能够同它的邻居寻衅吵架，也不能对“造化”说出怨词，很可以大声喊道，若使它还有理智同舌头：“走你的路吧，老世界，在蓝的净天里打你的圈儿走转，对每代人去油嘴滑舌，你同我是再也不会摩着肩儿挤在一起了！”

这真是可惊的事，富贵的人们，甚至于有些握过大政权的人们，是多么快就被人忘却了。

一会儿的称尊，一会儿的威权。
这是伟大英猛的人们所得到的
从摇篮到坟墓期中的唯一东西——

在这个短促的期间之后，他们差不多连一个名字都不能传下。“一位大人物的身后遗名，普通算起来，可以有半年的寿命。”他的后裔同承继者取得他的爵位，他的权力同他的财富——全是这些东西才使他变作这么重要、受人奉承的人物；他却没有剩下什么别的东西，使世人感到快乐或者得到利益。后世的人绝对不像我们所以写的那样公平、不计利益。他们的谢忱同赞美是用来报答他们所受的好处。他们蒙一班人给他们教训同快乐，他们就爱去纪念他们；他们觉得受有多少的教训同快乐，他们所怀抱的纪念就是做个正比例。赞美的情感是直接从这个基础上生长出来的，这样子的确是不至于滥用的。

这种柔弱无勇的吝惜生命，普通地或者抽象地，是文明太高、矫揉太过的社会状况的结果。从前人们跳到战争的一切变迁同危险里去，或者将生命付诸一掷，或者为着一个强烈的情感不惜牺牲一切，若使他们不能满足这个情感，生命对于他们就变成重累了——现在我们最强烈的情感是思维，我们最大的娱乐是读新戏剧、新诗歌、新小说，这些事我们很可以安安逸逸地做去，一些危险也没有，永久地做去。若使我们去看古史同传奇，当文艺没有将人事染上暗淡无光的色彩、把热情化为模棱两可的心境之前，我们觉得里面的男女主角不但是“看生命连一条针都不值”[1]，并且当放荡不羁

---

① 一针的价值，这也是莎翁的句子，见《哈姆雷特》，此外本文中还有不少妙句都是从莎翁集中熔化出来的，哈兹里特是个研究莎翁作品的老手，他著有 *Characters of Shakespeare's Plays*. ——译者注

的时候，好像是故意去找轻生的机会。他们喜欢些中意的东西就爱到极点，到了疯狂的地步，以为若使能够满足自己这个欲望，没有个代价可说是太贵的。一切别的东西全变作不值一钱的废物。他们向死走去，好像是向新婚的床，一些也不懊悔地牺牲自己或者他人，在爱情、名誉、宗教，或任一个别的得势的情感的圣龛之前。罗密欧驶他的“厌于沧海的疲倦小舟”，“碰在死的岩石上面”，当他一晓得自己被剥夺去了他的朱丽叶。

她也在他们最后的悲苦里双臂环着他的颈项，随着他到那个死亡的岸去。一个强烈的意思占住了心田，将一切别的念头完全压倒；就是生命本身，没有了它也是毫无乐趣的，变作个不足介怀或者讨厌的东西。在这种状况之下，最少也是更多想象的成分，更多感情的力量，行动的速度也会更快，比着那为了无聊生活的本身而生的缠绵难舍的、无精打采的同长久的对于生命的依恋。这或者也是更好的，并且是更英雄的，去向一个勇敢的或者亲爱的对象进攻，若使失败了，就男子汉地挨受那结果，比着那重新去苟延一种烦闷的、无精神的、无趣味的生活，最后也只是（像比野所说的）“在些恶浊的争吵里失丢了生命”，为着些不值得的东西的缘故。在这种对于死的勇敢挑战里，不是有一种慷慨的牺牲精神同不顾一切的蛮劲的意味吗？宗教同这个不是有些相干吗，那种对于死后的生活的坚信使现世的生活减轻了价值，在想象里呈现出个来世的境界；所以粗野的兵士、情迷的爱人、勇敢的骑士等等无妨现在这么冒险一下，跳到将来的怀中，这种豪举，近代的怀疑主义者却退缩不敢一试，虽然有那么多自夸的理性同空虚的哲学，都是柔弱得一个女子之不如！对于自己我免不了也是作这样想，但是在前面我已经努力于解释这点过，现在不再来详说了。

一个活动的同危险的生活可以压住死的恐惧。那不单是给我们以忍痛的毅力，并且时时刻刻使我们知道我们在世的生命是多么不牢稳的。惯长坐的、爱念书的人们是最怕死的人们。关于这点约翰逊博士就是个例子。几年的光阴由他看来好像是很快地就过去了，比着他素常对于时空的一览无余的冥想。在文人的“静物画”里没有什么显明的理由，一定有变更的必要。他很可以坐在围手椅里，一杯一杯地倒他的茶，一直到天荒地老才止。他果能够办到，那是多么好！医治那逾量的死的恐惧的最合理方法是对于生命定下个适当的价值。若使我们愿意继续生存在世界里，单为着去满足我们顽梗的怪癖同苦楚的热情，我们还是立刻死去好些，若使我们对于生命的顾惜是按着我们从生命里所得到的好处来定，那么我们去世时候所感觉到的苦痛也不会非常剧烈了！

亨特

在监狱中

医生提议我要搬到监狱病院去住，这个提议得到了批准。病院这个字，我自认，带有不妙的声音，甚至于在我的耳朵里。我想那是一间同别个病人共住的房子，那班人又不是最合式的伴侣；但是慈爱的医生（他的名字是狄克孙）改正了我的误解。那个病院他做四个病房，附带有同样数目的小房。楼上那两间病房已经有人住了，平地的那两间却从来没有用过：内中的一间，不大经济地（我还没有学会打算省钱），我改做成个华贵的房间。我用玫瑰花的格子纸糊着我的四壁；我将天花板画上青天同白云的颜色；铁窗，我就用百叶窗遮着；当我的书架同架上的许多半身像排好了，鲜花同大洋琴也出现了的时候，或者在那水的此岸没有一个更美丽的房间。当来客来敲门时候，我喜欢看他走进来，向身旁愕然睇视。他走过巴洛，穿过一个狱里的许多小道，忽然看到这样的房间，那种骇异的神情真是奇妙得像做戏一样。查理斯·兰姆说世上没有第二间像这样的房子，除非是在神仙的故事里面。

但是我还有一个别的奇异东西：那是一座花园。房外本来有个小庭，同别个属于隔壁病房的小庭用栏杆隔住。这个小庭我用绿色篱笆围着，点缀上一个花架，四边铺了从个养树园里拿来的一层很厚的土，甚至于设法弄出一块草地。在土地上我栽满了花卉同小树。有一棵苹果树，在第二年我们就设法做一盘苹果布丁。至于我栽的花，谁也说它们是十全的。托马斯·摩尔和拜伦爵士同来望我，对我说他从来没有看见过这么好的紫罗兰。在监狱期间，我买有一本《意大利诗集》，常常想到里面的一段，当看着这个小规模的园艺——

我小小的花园，
对于我，你可算是葡萄园、田野、草地同森林。

天气好的时候我在这园里写东西读书，有时上面还挂一幅天幔。秋天里，我的花朵垂着红花彩豆，更使我的花圃生色。我常常闭着眼睛坐在我的圈手椅里，假想自己是处身在万里之外。

但是我最得意的是早上的出游。园里的一个小门引到属于监狱的一座更大花园。这个单是做种菜用的，但是里面有一棵樱桃树，我看它开过二回的花。我在想象里将这块地分作好多心爱的区域。我很郑重地把自己穿得好像是打算做一回很长的散步；然后再戴上手套，夹一本书在腋下，开步走出，请我妻子不必等我用餐，若使我回来得太迟。我最大的小孩——兰姆，那时我作有几首可爱的诗赠他，他是我忠实的伴侣，我们常常一起玩许多小孩子的游戏。那或者是当他梦着一种这类的游戏（但是在我的耳朵里那些话有个更牵情的效力），他一晚上睡着时候喊道："不，我没有失丢，我被人找出了。"那时他同我的身体都不很强壮，但是我活到看他变成四十八岁的大人；无论人们在什么地方碰到他，同时会碰到慷慨的帮助同卓越的学识。

约翰·布朗

她最后的一块银币

我曾经有过朋友——虽然现在谁也厌弃我了；

我曾经有过父母——他们现在都在天堂。

我曾经有过家庭——

苦痛，罪恶同冻饿磨坏了她的精力，

流浪者往下堕落，死神抓住她的知觉。

陌生人在早上看她躺在那里——

上帝已经释放她了。

骚狄[①]

① Robert Southey (1771-1848)，英国诗人及历史家，他的不朽名著是《纳尔逊传》。——译者注

休·密勒[①]，地质学家，新闻记者，又是一个具有天才的人。一个凄凉的冬夜里，他在报馆里坐到更深。书记们已经全离馆了，他也正打算回去，门外有匆忙的敲门声音。他说“进来”，向着门口望，看见一个衣服褴褛的小孩，遍体给雨雪淋住。“你是休·密勒吗？”“是。”“玛丽·达夫要你。”“她要什么？”“她快死了。”对于这个名字的一些模糊的记忆使他立刻出发，穿着他那套有名的格子纹呢衣，拿着他那条有名的手杖，他很快地就跟着小孩子跨着大步往前走，那小孩子急急地穿过那时已绝人迹的亥街，走向卡侬盖提去。当他走到老戏院小巷时候，休唤起他心中关于玛丽·达夫的记忆：一个活泼的女孩，在克洛麦替地方和他一起长大。前次他遇到她时是在一位互助团[②]同志的结婚场中，在那里玛丽是“新娘伴”，他是“新郎伴”。他好像还看到她的晴朗，年轻，无忧无虑的脸孔，她的洁净短衫，同她的深色眼睛；他好像还听着她的嘲笑快乐的声音。

这个穿着百结衣的小姑娘跑下这条小巷，走上一个朝街

① 休·密勒(1802–1856)，他年轻时候是一个矿工，后来投身到新闻界去，靠着他刻苦的自修，最终成为大地质学家。——译者注

② 互助团，是一种秘密团体，创自中古时代，以互助为目的，团员简称作 Mason。苏格兰的大本营是在一七三六年设立的。——译者注

的楼梯，休很困难地紧跟着她走；在弄堂里她伸出她的手，牵着他；他用大手掌拿着，觉得她缺个大拇指。在黑暗里她找她的路像一个猫样子，最后开一个门，说道："那个就是她！"然后一溜烟就不见了。借着将熄的火光，他看见在一个广大空虚的房间的基角上，躺有个像女人衣服的东西，走近时候，才知道有一个枯瘦无血色的脸孔，同两个深色的眼睛极注意地、但是绝望地望着他。这对眼睛分明是玛丽·达夫的，虽然他认不出她的别点相貌。她静静地哭着，不转睛地盯着他。"你是玛丽·达夫吗？""我现在变成这样子了，休。"她接着鼓起劲要向他说话，分明是很要紧的话，但是她说不出来；他看她是病得很厉害，这样勉强只是使她自己更痛苦，他就将一块值得二先令六便士的银币放在她发烧的手里，说明早他会再来看她。他从邻近的人们探不出她的近况：他们不是无礼地不答，就是已经睡觉了。

当他第二早又到那里时候，小姑娘在楼梯顶遇着他，说道："她已经死了。"他走进去，看出这句话是真的；她躺在那里，火也灭了，她的面貌是安详恬静的，恢复到她年轻时的状态。休想他现在绝对认得出她，虽然她那对明媚的眼睛是像现在这样子闭着，永久地闭着。

休找出一个邻居，他说他愿意替玛丽·达夫安葬，他同巷里一个经理丧事人商量好埋葬的手续。关于这个可怜的流浪者的身世，大家好像知道得很少，只晓得她是个“轻薄的”，或者所罗门一定要说，“奇怪的女人”。“她喝酒吗？”“有时。”

埋葬那天，巷里有一两个居民随着他到卡侬盖提礼拜堂坟地去。他看见一个容貌端庄、躯体短小的老妇人注视他们，远远地跟着走，虽然那天有下雨，又是酷冷。墓填满了，他也脱了他的帽子，当人们把土放上，用手打好的时候，他看这位老妇人还滞在那里；她走前，行个屈膝礼，说道：“你想知道这个姑娘的事情吗？”“是的，她年轻时，我也认得她。”那妇人不禁泪流满面，对休说她自己“在巷口开一间小店，玛丽常来买东西，总是准期还钱，我就怕她是死了，因为她欠我两先令六便士已经有一个月了”。然后用严肃的脸色同声音，她告诉他在他被叫去那一夜，他一离开，她在房里就被一个人叫醒；借着她那熊熊的火光——因为她是一个过安乐小康日子的女人——她瞧到这个憔悴快死的女人走前说道：“这是一块二先令六便士的银钱吗？”“是的。”“我放在这里。”将钱放在枕垫底下，她就不见了！

可怜的玛丽·达夫！她的生活一向是悲哀的，自从那天在他们朋友的婚礼场中她同休并肩站着以后。她父亲死后没有多久，她母亲占有了她所倾心的男人的爱情。这个大打击使家庭变作不能居住的地方。她从家庭里跑出，带着失望同悲酸，经过了耻辱困苦的生涯，爬到她房间的角上，孤单单地死了。

> 耶和华说："我的意念，非同你们的意念，我的道路，非同你们的道路。天怎样高过地。照样我的道路，高过你们的道路，我的意念，高过你们的意念。"①

① 见《圣经·以赛亚书》第五十五章。——译者注

加德纳

一个旅伴

我不知道我们是哪个先到车里。真的，有好久时候，我还简直不晓得他是在车里。那是由伦敦到密特兰里一个小镇的最后一趟火车——一种沿途停歇的火车，一种无限量地从容不迫的火车，这类火车使你了解什么叫作永劫不灭。当它出发时候，乘客也都挤满，但是我们在外郊各站都有停车，旅客就单独地或者两人做伴地接连着下去；当我们离开伦敦的远郊时候，车上只剩我一个人了——或者要说，我想车上只剩我一个人了。

独坐在一辆轰轰地颠簸着穿过黑夜的车子，会感到悦意的自由。那是一种很可喜的自由同无拘束。你爱做什么，就可以做什么。你可以随意大声地对自己说话，谁也不会听到你。你可以同琼斯辩论那个题目，意气扬扬地将他驳倒，用不着怕他会还嘴。你可以倒栽地站着，谁也不会瞧见你。你可以唱歌，或者跳二拍子的圆式跳舞，或者练习打杓球的一种手势，或者在地板上玩石球，谁也不来干涉你。你可以打开窗子，或者关起，绝不至引起反对。你尽可以将两扇窗子全打开，或者全关起。你可以坐在你所中意的角上，可以将所有的座位一一依次试过。你可以手足伸直躺在垫褥上面，享受破坏“地方保护法”的条例，或者碎了她自己的心的快乐。不过“地方保护法”不知道她自己的心是破碎了。你甚至于能够躲避了“地方保护法”的注意。

那个晚上，我并没有做些这类的事情。这类想头刚好没有到我心上来。我所做的是更普通得多的事情。当我最后的一个旅伴下去之后，我放下我的报纸，伸一伸我的手臂同我的双脚，站起，从窗口望着恬静的夏夜，我的车子正从那里穿过，我看到尚逗留在北天的淡淡的白昼余意；走过车子的那头，从别个窗口里望出；点一根香烟，坐下来开始读书。到那时候，我才觉到我的旅伴。他走来，坐在我的鼻上……他是属于那种有翅的、会咬人的、勇敢的虫子，我们模模糊糊地所叫作蚊子是也。我轻轻地把他弹开我的鼻子，他在房里旅行一周，观察他的四周，拜望每个窗口，绕着灯光飞翔，决定没有一件东西有基角上那个庞大的动物那么有趣，又来看一看我的颈项。

我又轻轻地把他弹开。他盈盈跳起，又环着房子逍遥一次，飞回，大胆地自己坐在我的手背上面。“这很够了，”我说，“人量也有相当的限度。你两回得到警告，我是位特殊的人物，以及我尊严的身体不甘于受陌生人这种搔撩的无礼。我戴上了黑帽子[①]。我判下你的死罪。这是公理所需要，而法庭所断下的。你的罪状很多。你是个流氓；你是个为害于公众的妨碍；你旅行没有买票；你没有吃肉的准单[②]。为着这些同许多其他的不法行为，你现在将受死刑。”我用右手发一个迅速的，致命的打击。他避着我的进攻，那种骄傲的一点儿也不费力的神气使我难堪。我私下自负的心情也被激起了。我用我的手，用我的纸来向他冲锋；我跳到座位上面，绕着灯儿赶他；我采取猫儿的诡计，等到他停着不飞时候，用可怕的潜行走近，忽然地骇人地飞手打下。

---

① 英国法官判决死刑时候，就戴起黑帽子来，所以“戴黑帽子”就是宣告死刑的意思。——译者注

② 欧战时粮食缺乏，每人每星期吃肉的量是限制的，由官厅发出肉券，每人按券买肉，无券就不能吃肉了。——译者注

这也是徒然的。他是公开地分明地跟我开玩笑，像个精练的斗牛者缠着发怒的牡牛来弄手段一样。他明明是在那里寻开心，他就为着这缘故才来扰乱我的休憩。他想找些游戏，哪种游戏比得上被这个庞大笨拙像风车的动物这样赶着，他身上的肉又是那么可口，他又是这么不中用，这么傻瓜样子？我渐渐钻到这家伙的心里去。他已经不只是一个虫子了。他化成一个有性格的东西，一个有理性的动物，居着同等的地位，来跟我争这间房子的占有权。我觉得我的心向他动起好感，我自高的感觉也渐渐消灭。我怎样能够觉得比他高明，他在我们唯一的交手中既是这么显明地胜过了我？为什么我不再慷慨起来？慷慨同慈悲是人类最高贵的德行。使用起这类高尚的品性，我能够恢复我的威势。现在我是个可笑的角色，激起狂笑同嘲弄的东西。当我现出慈悲的样子，我能够重新拿出人类道德的威严，荣耀地回到我的角上去。我取消了死刑的判决，我说时就回到自己的位子。我不能够杀你，但是我能够展缓你受刑的时期。我就这样干去。

我拿起我的报纸，他飞来，就坐在上面。傻东西，我说，你自己投到我手里了。我只需将这个可尊敬的每星期出版的言论机关两面合着一打，你就是一具死尸了，清清楚楚地像面包中间的火腿一样，夹在一篇关于“和平的圈套”同另一篇关于“许斯[①]先生的谦逊”里面。但是我不这样子干。我既宽展了你受刑的日期，我决定要使你相信，当这个庞大动物说一句话时候，他是打算践言的。并且，我也不想杀你了。因为知道你更透彻些，我渐渐觉得——我要讲出吗？——有些爱你了。我猜圣·佛兰西斯[②]一定会叫你做“小弟弟”。在基督教徒的慈爱同礼貌方面，我不能做到他这种程度。但是我也承认一种较疏远些的关系。命运使我们在这夏夜里成为旅伴。我鼓起你的兴味，你也使我快乐。大家彼此互相感德，这全由于一个根本事实，我们同是会死的东西。生命这个奇迹是我们所共有的，生命的神秘也是大家有份儿的。我猜你全不晓得你的旅程。我不敢说，我对于我的旅程知道了多少。我们真是，若使你去想一想，很相像的——都是现在活着，后来消灭了的浮生幻影，从夜里出来，飞到点着亮的车子，绕着灯飘游一会儿，又回到外面的夜里去了。或者……

---

① 美国前国务卿。——译者注

② 圣·佛兰西斯(1182-1226)，他是非常慈爱的天主教徒，据说能够向鸟儿说教。——译者注

“今晚还往前走吗，先生？”窗口有一个声音说着。那是一个好意的脚夫给我一个暗示，这是我下车的站。我谢谢他，说我刚才一定是睡着了。抓着我的帽子同手杖，我走到外面清凉的夏夜里。当我关着我那段车子的门时候，我看见我的旅伴绕着灯儿飘游……

高尔斯华绥

进　化

从戏院里出来，我们是绝对没有法子找到一辆野鸡汽车。虽然下着微雨，我们还是走过勒司特方场，希望会碰到一辆回到匹喀底尼的野鸡汽车。许多二轮轻马车同四轮马车走过，或者勒着马站住，微弱地向我们兜主意，或者简直不来引我们的注意，但是每辆野鸡汽车好像都载了人了。到匹喀底尼广场时候，等得不耐烦了，我们叫一辆四轮马车，让自己去过一个长久迟慢的旅行。一阵西南风由打开的窗口吹进来，内中带有变化的气味，那种潮湿的气味，它甚至于来到城市的中心，使城市的万千动作的旁观者得到灵感，想到那个不停地迈进的“大力”，它不停地叫道：“前进，前进！”但是渐渐地马蹄沉闷的嗒嗒、窗子的嘎嘎、轮子迟慢的碎碎的各种声音引人入睡地压着我们，所以当最后我们到家的时候，我们几乎已经酣睡了。车钱是两先令，当我们没有把钱交给御者以前，站在灯下看清一下那块钱是个值得两先令六便士的银币的时候，我们偶然抬起头来。这个御者看起来是六十左右年纪的人，一副长瘦的脸孔，他的下颏同向下垂的灰色胡须好像老是休息在他的老旧的蓝色外套的反领上面，但是他脸上奇特的地方是他颊上那两个凹处，那么深，那么空，仿佛好像他的脸孔是一堆骨头，没有连贯的筋肉，在这些骨头里面，一对眼睛那么深深地陷着，它们已经现不出光辉了。他丝毫不动地坐着，直着眼睛看他的马儿的尾。差不多是不知不觉地，我们把我们所有的其余银钱加上那块银币给他。他接了钱不说什么；但是当我们转进园门时，我们听他说道：

“谢谢你，你救了我的命。”

我们两人都不知道怎样去回答这么奇怪的一句话，我们又把园门关上，回来到马车旁边。

“你们的生意真是这么非常不好吗？”

“是的，”御者答道，“已经是完了——这种职业。我们现在是没有人要了。”拿起鞭子，他预备赶着马儿走去。

“生意这么不好已经有多久了？”

御者又放下他的手，好像喜欢休息一下他的手，文不对题地答道：

“我赶马车已经有三十五年了。”

又沉到沉思他的马尾去了，一定要问了许多话，才能引起他来说出自己的话，好像他不知道谈话这个习惯。

“我不埋怨野鸡汽车，我谁也不埋怨。厄运来到我们头上，所以我们受了厄运。今早我出来时，我妻子在家里什么也没有。她昨天才向我说：‘这四个月来，你拿回来多少钱？’‘一个礼拜算六先令吧。’我说。‘不，’她说，‘七个。’不错——她把所有进款都记在她的账簿里。”

“你们真是快绝食了吧？”

御者微笑着，在这两个深窟中间的微笑的确是人们脸上所现出最奇的表情。

“你也可以这样说，”他说道，“这又有什么呢？在我找到你们以前，今天我只挣十八个便士；昨天我得五先令。我的车租每天都要七先令，这也是很便宜了。有许多，许多车主已经是失败破产了——他们个个都同我们一样困难。他们尽力地放低他们车子的租费；可是你不能从没有良心的人那里得到怜悯，你能够吗？”他又微笑一下，“我也可怜他们，我还可怜马儿，虽然我们三者之中马儿还真最过得去的，我真是这样相信。”

我们里有一个人低低地说一句关于“社会”的话。

“社会？”他说，他的声音里含有轻微的惊愕，“喂，他们都要坐野鸡汽车。这是自然的。坐汽车，他们可以走快得多，时间即是金钱。我等了七点钟才找到你。那时你还是想找一辆野鸡汽车。不能够得到更好的，才来坐我们车子的人们照例是生了脾气的。有些老太太怕坐汽车，但是老太太从来是用钱不很随便的——她们多半真是阔绰不起的，这我会猜出。”

“谁也是可怜你们，我们真会想——”

他冷静地打断我的话，说道：“怜悯买不得面包……我从来没有人向我问过我的事情。”慢慢地，把他瘦长的脸孔摇来摇去，他又说：“而且，人们会干什么呢？当然不能希望他们来赡养你们；若使他们开始问你们许多话，他们一定会觉得很难为情。他们晓得了这些，我想。自然，世上免不了有我们这班人；两辆马车的御者的境遇同我们差不多是一样地困难。喔，我们这班人却一天一天少下去了，这倒是一件好事。”

不晓得对于这个灭绝要不要表示同情，我们走近他的马。这是一匹膝头“弯”得很厉害的马，在黑暗里好像有无数的肋骨。忽然间我们之中有一个人说道：“许多人在街上不愿意看到别的车子，除开了汽车，也许是单因为马车的马儿太苦了。”

御者点首一下。

“这个老家伙，”他说，“从来没有胖过。他的粮草现在不能给他以精神；那不是很好的粮草，但是他也有够食的。”

“你却没有？”

御者又拿起他的马鞭。

“我不想，”他不动情地说道，“现在谁能够替我找个别的工作。我干这个干得太久了。将来若使不是别的，就是到贫民院里去。”

听我们低声说这好像是太残忍了，他现出第三回的微笑。

“是的，”他慢慢地说道，“这对于我们未免是有些太苦了，因为我们没有做什么事值得这样受苦。但是据我所知，事情总是这样。一件东西来赶去另一件，你就是这样子前进。我曾经把它想过——整天坐在这上面，你自然会去思虑，去苦想事情的道理。我看不出什么办法。我们现在也都快死了——不能再滞留多久了。我不想我会有什么悲哀，对于这种终止。这已够使我灰心了。”

“曾有一次捐款过。”

“不错，那可以帮助我们里面一些人去学开汽车；但是这同我有什么好处，在我这样的年龄。六十，这是我的岁数；不是我一个人——像我这样的人们有成百成千。我们不宜于干那事情，这是事实；我们现在没有那股精神了。还要成千成万的钱来帮助我们。你说的话是真的——人们想看到我灭绝。他们喜欢野鸡汽车——我们的日子已经过去了。我不是诉苦；这是你自己先问我的。”

他第三次举起他的马鞭。

“告诉我，你会干什么，若使你只得到你的车资同六便士？”

御者向下睁着眼，好似被这个问题弄迷惑了。

“干什么？怎么，什么也不会干。什么我会干？”

“但是你说这救了你的命。”

“是的，我说了这句话，”他慢慢地答道，“我觉得有些愁闷。有时你是无法摆脱的；愁闷自己跑来，你是无路可避的——它就这样子压住你了。我们照例是设法不去想它。”

这回，说一句“谢谢你，深深地！”，他的马鞭打着他的马腹。像从睡梦醒来的东西，这个被人们忘记的动物惊跳一下，开始将这御者拉离开我们。他们非常慢地走下那道路，在树影中间，有时被灯光照着。在我们上面，白的云帆在黑的天河里很快地驶过，顺着那阵含有天气变化的气味的风。看不见那马车了，风还将那迟慢的车轮的将灭的声音带到我们耳里。

卢卡斯

神秘的伦敦

由艺术家看来，雾是伦敦最好的朋友。不是黑雾，是指另一种雾。伦敦有两种不同的雾——壅塞气息、把世界化作黑漆一团的雾同轻轻地铺罩着的薄雾。前一种雾走到房屋的个个角上，将一切的金属东西盖上一层暗色的粘泥，弄得我们一面咳嗽，一面擦眼睛——对于这种雾是没有好话可说的。“地狱是一个很像伦敦的城”，我向自己引用这句话，在前回这种的一个雾里，当我抓着贝斯窝忒路的公园栏杆往前摸索。车子，我所不能看见的，辚辚地走过，时常有人，就在身旁，却是看不见的，喊出警告的话来，或者有人会用受惊的声音问道他到底是在哪里。这种雾的凶恶处是在于将他这种有生气的东西放在无生气的环境里——在一个蒙盖住的地方里的一个生客。普通走路的人们在这样的雾里已经是够苦了；但是只要臆想到还要去招呼一匹马同一辆车是怎样的情形，立刻可以看出一个人的运气还可以更坏得许多。

可是另一种雾——笼着东西，而没有湮没形迹的雾，使东西的轮廓化为轻圆，而没有去玷污染秽的雾，它那种美化的能力可说是被惠斯勒[①]所发现的雾——那种雾能够变作一种悦心的东西，一种欢喜的材料。从这种温柔薄雾看去，伦敦变作一座浪漫的都城。她的建筑物里所有丑陋粗糙的地方，她的色调里所有龌龊碍眼的地方，全消失了。“可怜的房屋，”惠斯勒在文章里说过，他是那么常从他的拆尔息家里注视它们的幻变，“在模糊的天里消失了，高高的烟囱全化为钟塔，货栈是夜间的宫殿，全城却昂在天中。”

狄更斯发现了畸异的伦敦，奇妙古怪所汇聚的伦敦，斯蒂文森发现了浪漫故事的老家的伦敦。惠斯勒所发现的伦敦是个含有缥缈神秘的美的城市。几十年来，伦敦的雾老是人们咒骂讥笑的一个题目，的确需要这位神经锐敏的生于美国

① 惠斯勒（1834-1903），美国的画家、文学家及诙谐家，他的画带有印象派的色彩，尤善于描状泰晤士河的风景。——译者注

的巴黎人[1]来指示给我们看普通人所认为的一个仇敌同一件该发怒的事情，却是艺术家的一位朋友。现在谁也晓得这点了。

雾对于我变成为与前大不相同的东西了，自从人们指给我看泰晤士河南岸上的一个大烟囱，告诉我这是属于供给伦敦办事房以电灯的火炉；无论什么时候，天气一有点雾意，就派一个人到这烟囱的顶上，去望一望远处的河；敌人一开始有些卷来的现象，就给底下的人们一个通告。他这新闻传出之后，火炉就重新加上燃料，做出额外的压力，借此可以同来临的黑暗奋斗，账房里的工作也不至于停止。一切巡哨，一切守望的人们都是属于浪漫史的；从他这高耸天际的所在，越过河里来往的轮船同万家的屋顶，一直看到水平线边的一块浓雾，这个人甚至于使伦敦的黑雾生色，就是在我眼里也变成浪漫史里的东西了。我会想起他的竭力望远的眼睛，他的警告呼声，那群咆哮的烈火……

① Whistler生于美国，长游于巴黎，所以作者这样叫他。——译者注

贝洛克

我所知道的一位隐士

在亚平宁[①]山的一个溪谷里，天快亮的时候，我缘着一个急流的边岸下山，心里纳罕在何处我会找到休憩的所在；因为现在已经有好几个钟头了，自从我抛弃了找到一块人们可以休息的地方来过夜的希望，但是最少我也希望碰到一块干燥的沙地，上面有悬岩覆着，或者也许一床平铺的干松叶，在密密地交织着的树林的底下，在那里可以睡去，一直到太阳上升时才醒来。

当我还是辛苦地往前走，心里一半是期望，一半是漠然的时候，有一个人走近我的背后，他走得很快，像一切住在山中的人们；我看出全世界里（我也说不出理由来）山居的

① 位于意大利的大山，人们叫它作意大利的背脊。——译者注

人们走路都很快，有种活泼的态度，弯起脚来，用一种轻飘一致的步容，好像脚下的小山都是波浪，好像他们心里以为是踏着浪头而走。凡是山居的人们全是这样。但是真正的山居人们也是很少数。

这个人，我说，走近我的背后，问我是不是向某某镇去，他对我说出那个镇名，但是这个镇我既是从来没有听人说过，我就告诉他我是一点儿也不晓得的。我没有地图，因为那个区域没有好的地图，而坏的地图倒不如没有。那里一切镇的名字我都不知道，除开海滨几个大镇。所以我就对他说：

“关于这个镇，我什么也不能说，我也不是向那里去的。我却是想走到海滨，我知道那还要好几点钟的路，我希望在夜里能够睡一觉，在有些人家里，或者最少也在有些洞窟里，等到清早，再行出发；但是现在夜也残了，我还没有得到休憩，心里暗自纳罕，我还能够继续走路不能。”

他答我道：“到海滨还要走四个钟头的路，但是在你到了那里以前，你会看到一条拐弯向右的小路，若使你爬上那路（因为那路是走上山的），你会看到一所隐舍。当你走抵那里时，隐士也已起来了。”

“他会正在祈祷吗？”我说。

“据我所知，他没有说什么祈祷，”我的伴侣轻快地答道，“因为他不是那类的隐士。隐士有许多，祈祷文却只有几种。可是你到的时候会看他正忙着干零碎的事情，他是个待客极殷勤的人。到海滨的路现在既是刚好缘着这里的山脚，你会同他一起俯视你脚下的海港，人烟同大路，你又能够省了整整一个钟头的时间，很可以在你到船以前舒服地休息一下，若使你的目的真是上一艘船。”

他说了这些话后，我谢他一声，送他一小块腊肠，又走我的路了，因为起先我们尚未遇着，我还是很烦闷时候，他走得比我快，所以得到了好消息，我现在却比他走得快。

一路的情形刚好像他所描状的。曙光从我背后露出，罩着亚平宁山高贵而严肃的孤峰；它先把山头的形状照得清清楚楚，拿太阳的朦胧向明的丽色来烘托着，然后在我四围的空气里产生出一种普遍的暖气同融和气象；最后照耀着溪谷的向下开豁的地方，同远远的一片倾斜向海的平原。

白昼的新出现增加了我的力气，我更快地前进，最后到了一个地方，那里有大理石做的，雕刻的一块平片，很精巧，很近代的，雕着一个神秘的东西，来指明两条路的分界；我照着我的夜间伴侣所吩咐的，顺着我的右边小路走去。

这条小路夹在崎岖的石垣中间，老是逶迤向上差不多有一里或者一里多些，路中有几个荆棘高堤挡着，沿途有葡萄园散布道旁，这条路既是一步步高着，人们可以从石垣的破裂处瞥见时时长大的大海，因为当我们向上走时候，海的范围渐渐地扩大，那些很远的小岛，起先不过是水平线边的几小朵云儿，现在却明显地浮凸出来，变作景色的一部分，好似是内海的镶边。

最后，我走到了山顶，那里的路一转弯，就同控制海面的峭壁并行，我看见底下有一望相连的大块平野，居在地盘的下陷同远岸间；在现在光明的白日之下，人们能够看出这块平原全填满了努力的耕作，填满了房屋、幸福同住民。

在远方，稍近北边点，躺有一大块市镇；伸出到地中海去，带有命令同希望的姿势的，却是海港的新手臂。

看了这些东西使我心满意足。我不知道这是彻夜不眠的结果，或者是光暗相对比的结果，但是从在大山里度过的寂寞的夜里走出，跟太阳光一起来到平原的文化区域，这的确是人生所能给我们的无上快事，只要他肯去受那苦痛同后来的安慰。我刚在这样玩味目前的好景，就觉得在我右边有一个洞窟这类的东西，或者该说是一个精小，收拾得很干净的神龛，从那里来有一声招呼。

我转过身来，看见那里有一个人，年纪不大，可是很可敬的样子。他大约有五十五岁，或者还不到，但是他让他的灰白色头发生得很长，他的胡子是很丰满、很美丽的。向我招呼的就是他。他穿一件长衫，坐在一张近代的、稍近奢华的椅子里，旁边有一张低矮的、栗木做的长桌，桌上他排了几本书，我看那是好几种文字写的，有两本不只是英文的，上面还盖有一个英国流通图书馆的图章，这图书馆是在我们脚下的大镇里办公。桌上还放有预备好了的早餐，白面包同蜂蜜，一个棕色大咖啡瓶，两个白杯子，一个银碗里盛有些羊奶，他请我同他共享这个早餐。

“这是我的习惯，”他说，“当我看到一位旅客走上我的山路，就替他预备了一个杯子同一个盘子；或者，若使是中午，一个玻璃杯子。然而在晚上，从来没有人来过。”

“为什么没有人来呢？”我说。

“因为，”他答道，“这条小路沿着石岩的边际只能再走几码，就陡断了变成一片峭壁；我们所站的平台差不多是路的极端了。真的，我拣选这块地方住，就是为着这种地势，我初次来时，从它的高度同孤独看出这是最合于做我的隐所。”

我问他那是几年前的事，他说差不多有二十年了。他又说，这二十年里他老是住在那里，每季中到平原去只有一两回，他稀少的伴侣是带东西上去给他的人们同有些日子里的农夫，当他们辛苦地走到近山顶他们的田地内去耕作的时候；此外有时一两个像我这样的偶然旅客。但是这班人，他说，不能做他的好伴侣，因为他们常是拐错了路，迷途的人，走到他这块高地时气也喘不过来了，总是很生气。我请他相信不是我的情形，因为夜里有个人告诉我怎样去找他的隐所，我是存心来拜望他的。听着这话，他微微地一笑。

我们现在同坐在桌旁，这样子吃着谈着，我就问他有没有圣者的名望，人们有没有白送食物给他。他有点迟疑样子答道，他想他有个会巫术的名望，却没有什么别的，所以有时他不容易说动跑差将他从下面店里定的英美书籍带上给他，虽然这些书全是顶老实不过的，照例是妇人或者学士院会员写的小说，旅行家的记录，十八世纪的杰著，或者老年政治家的传记。至于食物，那里的人民的确是替他带来，但不像牧歌里所说的全出于殷勤；却是刚相反，他们要很贵的代价，他最大的困难是在于面包；因为陈腐的面包是他所最厌恶的。关于宗教这件事，他不说他没有一个宗教，却要说他有好几个；不过在这个季节，当大地上一切都是新鲜的，欣欢的同有趣的，他用不着什么宗教，把它们全搁在旁边了。因为他最后这句话于我是没有意义的，我就转到别事上头，问他道：

“在任一的幽处里，冥想总是心灵的主要事务。你说你不行什么宗教仪式，那么在这里怎样度你的寂寞时光呢？”

答这个问题时他变成更兴奋些，说话的声音里带一种笑声，仿佛是好像他又年轻起来了，好像我的问题勾起他的充满了甜蜜的回忆的一生往事。

“我冥想的对象，”他说，很带劲地做出许多的姿势来表情，“是下面这块宽阔隆盛的平原：这个大城以及它的海港同它的不断来往的商船，这许多道路，这许多正在建筑的屋子，这许多每年耕种有收获的田地，这种永久不歇的人们活动。我观察我的同类，我以为他们也是我的荣誉；我同他们隔得太远了，不会给他们里面个人的冲突所扰乱，然而也都还相近，这么多的生命活力的景象可以做一个日日在目前的伴侣。早上，当他们都在做工时候，我从他们的努力得到灵感；在中午同下午，我也有些感觉得他们坚忍精壮的耐劳；当黄昏到了，太阳渐渐扩大走近海缘，一切的工作都停止了的时候，我的心充满了他们的安息。从薄暮一直到黑夜里，港的前面的灯光使我记起他们，当我已不能再看见他们结群同工作；此外使我念及他们的是白天工作疲倦后他们游戏时所爱弹的音乐同他们唱到深夜的远远歌声。

“我那时差不多有三十岁年纪（在外交家的生涯里——看过了好多地方同好多人），我的财产很不够我跟我同等的人们过一样的生活，所以我的青年时期是操心的、丢脸的，当一个烦躁不乐的假日，我从这邦的首都里出来，偶然走到你现在所看见的这个窟洞同平台。那是一个空气会吐出天启的日子，我清澈地看出幸福是住在这山角里。我决心此后永久同这么稀罕的伴侣一起，从那天起她也绝没有弃丢过我。起先我还同世界有种接触，我去买些报纸，里面说我是被山贼枪杀了，或者说是给野兽吃了，但是这个玩意儿我很快也厌倦了，现在我连我的同伴的名字都忘记了。”

我们就静默着，后来我说：“但是有一天你会孤单单地死在这里。”

“这有什么不可以？”他冷静地答道，“不过遇到我的遗体的人们会觉得讨厌，但是我都已经是漠然不知了。”

“这是亵渎神圣的话。”我说。

“圣·安秃尼派[①]的神父也是这样说。”他立刻答道——但是这到底是一句责备的话，一句辩词，或者仅仅是一句注解，我是没有法子知道的。

一会儿，他劝我在暑气会使我不好走路之前开始下山到平原去。所以我就离开他，当时也念一本简·奥斯丁的小说，从那回以后，我总没有再遇到他。

在我的旅行里所碰到的许多奇怪人们里面，他是最奇怪，可是也不是最不幸的一个。我所写关于他的话，每字都是真的。

① 基督教中的一个教派。——译者注

切斯特顿

追帽子的人

我感觉到一种差不多是野蛮人的妒忌，一听到伦敦当我离开的时候被水淹了，而我却只住在乡下里。我自己的巴特西，我听说，特别蒙恩，变作众水的汇聚处。巴特西本来已是，这几乎是用不着我说的，最美丽的居住所在。现在又加上几片大水的伟观，我自己这个浪漫的小镇的风景（或者要说水景）必定有些无可比拟的好处。巴特西绝对化作威尼斯的影子了。从屠户那里送肉来的小船一定是沿着涟漪银色的水港飞驶，带着威尼斯小艇奇妙的流利神情。运生菜到拉取米耳路角的水果商一定是倚着桨，现出小艇夫不沾尘土的从容姿态。没有东西会像小岛那样含有十足的诗情，当一个地方被淹着的时候，它是变成一群群岛了。

有人以为对于大水或者火灾这种浪漫的见解是有点缺乏实在。但是对于这类麻烦的事体，这种浪漫的见解真是和别的同样地可以实行，一点差别也没有。在这些事情里看出开心机会的真正的乐观主义者，是同在这些事情里看出说怨言机会的“愤怒的纳税者”一样有道理，实在还比他懂事得多。真正的苦痛，像在斯密斯飞德[1]活活地烧死，或者患了齿痛这类的事，是一件实在的东西；能够受着，却几乎不能拿来做开心的材料。但是，究竟我们的齿痛是例外的事，至于在斯密斯飞德活活地烧死，那是隔了很久很久的时期我们才会碰到。而通常使男人咒骂、女人号啕的麻烦事体多半真是神经过敏，或者幻想所生的麻烦事体——全是心理的作用。比如，我们常听成年的人们诉苦要在火车站滞了许久，等着一辆火车。你可曾听过小孩子诉苦要在火车站滞了许久，等着一辆火车吗？未曾，因为由他看来，在火车站里面是等于在一所怪窟，或者一座带着诗意的快乐的宫殿里面；因为由他看来，信号牌上的红灯同绿灯是像一个新太阳同一个新月亮；因为由他看来，当信号的木臂忽然下落时候，好

① 从前烧异教徒的地方。——译者注

像一位大王掷下他的宝杖[①]，算个信号，开始了喊声嘈杂的火车竞技。我自己在这方面是带有小孩子的习气。那班站着，只等那两点十五分的快车的人们也可以采取这类见解。他们的默想可以充满有丰饶膏腴的东西。我生平最艳丽的时间许多是从克拉判的换车车站里得到的，我想那地方现在也是没在水里了。我在那里曾经有过许多不同的心境，个个都是那么凝神的，那么神秘的，真的，水尽可以浸到我的腰旁，我还不会明白地晓得。但是关于这类的烦扰，像我上面所说的，一切全靠着我们的情调。你可以安稳地将这个标准用到差不多一切普通所谓日常生活特有的麻烦事情上面。

比如，人们常觉得追赶自己的帽子是不快乐的事情。为什么对于规规矩矩的虔敬心灵，这是不乐的事情呢？并不单是因为跑路，同跑路使人疲累。同一的人们在斗技游戏时还跑得更快得多，同一的人们追赶一个无聊的小皮球比他们追赶一顶乖乖的丝帽子还带劲得多。大家以为追赶自己的帽子是丢脸的事；当人们说一件事是丢脸的，他们的意思是那是可笑的。那的确是可笑的；但是人本来就是非常可笑的动物，他所做的事

① 中古时代比武时是以皇帝的宝杖放下做开始的号令。——译者注

情大多数是可笑的——吃东西就是一个例子。而一切中最可笑的事却刚是那最值得干的事——比如，求爱。一个人追赶一顶帽子还没有一个人追寻一个妻子的可笑的一半。

一个人，若使他的见解不错，能够具着最勇敢的热情同最神圣的快乐去追赶他的帽子。他可以自命为追逐野兽的一个高兴猎人，因为实在没有禽兽会比帽子再野顽。真的，我倒有些相信刮风日子时畋猎帽子会变作将来上流阶级人们的游戏。在烈风的清晨将来会有贵妇同绅士们聚集在高地上。他们会听说在猎场里的某某林里惊动了一顶帽子，或者其他这类的专门名词。请读者们注意这种玩意儿是游戏同人道主义的结合到了十分圆满的程度。打猎的人们会觉得他们没有使别个受苦，不，他们会觉得他们是使别个受乐，一种趣味浓厚，差不多是恣情的快乐，那是旁观的人们所得到的。当前回我看见一位老绅士在海德公园里追赶他的帽子，我告诉他，像他这么仁慈的心肠应当是充满了安乐同感谢，一想到他每个姿势，每个体态当时给群众多少纯净的快乐。

同样的原理可以应用到家庭所特有的一切其他的麻烦。一位绅士试将一个苍蝇从牛奶里拿出或者一块软木塞从酒杯里挑出时，常常以为他是受了气。让他想一会儿坐在墨黑的池旁的钓鱼人的耐心，让他的灵魂立刻被满意同静穆照耀着。我又知道几位思想极新的人们，感到麻烦时就用了神道学的字眼，他们却又没有采取教义的意味，只是因为一个屉子紧紧地嵌在桌里，他们却没有法子拔出。我有一个朋友特别患了这个毛病，每天他的屉子总是嵌紧了，因此每天他总哼出几句别的话来。但是我指出给他看这种受枉曲的感觉真是主观的，相对的；这全由于他先假定那屉子能够、应当、又是愿意很容易被人抽出。“但是若使，”我说，“你自己假设你是同有力的压迫着你的一个仇敌对拉，那么这奋斗只会变作很兴奋，却不会恼人。试想你正在从大海里拽出一条救生船来。试想你正在从阿尔卑斯山的深罅里用绳子救出一位同类的人。甚至于试想你又是个小孩了，两边人扮作法英两国来干一下拔河。”说了这句话我就离开他了；但是我一些也不怀疑我的话生产出最好的结果。我相信此后每天他紧握着他的屉纽，一副红扑扑的脸膛，眼睛发着战争的光辉，向自己呐喊助威，好像听到他的四围全是喝彩的观客雷一般的声音。

所以我想这并不全是痴想的，或者不可信的，去假定就是伦敦的大水也可以逆来顺受，用着诗的情调来鉴赏。好像除了麻烦之外实在并没有引起什么别的坏处；麻烦，像我们前面所说的，不过是一种看法的结果，并且是对于一个真正浪漫的情境的最枯燥同偶然的看法。一件冒险事情只是个没有认错的麻烦。一件麻烦只是看错了的冒险事情。围绕着伦敦住屋店铺的大水若有什么效力，必定只是增加了它们本有的诱惑同奇妙。故事里的罗马天主教徒说过："酒无论同什么东西在一块都是好的，只除开了水。"所以根据着同样的原理，水无论同什么东西在一块都是好的，只除开了酒。

罗素

学　者

从前有一回我写了一套“社会印象”。那些文章是试去描写被他们的境遇同职业所影响的各种人们。有一种人我忽略了，那是学者；这是因为学者——异于教师或者教授的——现在变成这么罕见的人物了，恐怕没有几位读者会认出他的肖像。因为我用“学者”这个字时，我是指不计实利地献身于知识的追求的人；不是为着什么将来的目的，也不想把所学的用到实际的事情上去。在往昔的日子里，这样的人很多，不单是大学里，那是它天然的老家，却是在一切预想不到的地方——别墅里，苏格兰堡垒里，大礼拜堂的围地内，乡下的牧师住宅里，腾普尔同林肯法学院[①]里，阿忒尼

① 伦敦法学院。——译者注

安俱乐部里——甚至于，有时，自然把公务全疏忽了，在政府各部的衙门同内地税局里。学者，就那时候人们的解释，勤紧地读书是因为他想多知；虽然在他老年的时候，也许会发表一篇“专门论文”，一本“小册子”，或者一篇“短篇论文”，他天天所追求的目的并不是出版这些书，却是学问本身：

“这个人决心不想‘生活’，只想‘多知’。”

学者，做这种解释时，没有像他所应得的那样深深地得到人们的赞美。虽然勃浪宁尽力颂扬他，一般趁韵的诗人同浪漫主义者常把他拿来做笑柄：

你曾经在那最成熟的学者身上看出一种对于一切外炫的暗暗看轻么？

他的衣服是不称身的，从他的鞋子到他的领子，

他的头发是没有梳的，不然就是梳错了。

袖子太长，遮着他的手指，

他的脊柱弯曲，他的身体没有风姿；

那种心不在乎的神情引人发怒地现在他的身体同脸孔的每个动作之中。

乔治·爱略托[①]非常看轻可怜的老加索绷[②]，“玩味着关于古实同密士勿能穆这个渊博的错误”。华德夫人[③]的爱德华·郎干简直是比他的学生洛贝·厄尔兹密尔更无用。窝尔忒爵士[④]拿多密尼·散普孙的不会酬应同伊拉斯莫斯·和立地的渊博来开玩笑。《愁闷的解剖》的作者[⑤]——他自己总得算是一位学者，若使世上真有过一个学者——对于他的同流人们写出这个很不恭维的描摹：“勤读的学者常犯着脚风病，风邪入肺症，鼻涕膜炎，身虚，胃弱，坏眼睛，胱麻病，疝痛，不消化，紧塞症，头晕，胃气，肺痨，以及一切从坐得太久而生的疾病；他们多半是瘦，干，皮色不好；花掉了他们的财产，失丢了他们的聪明，常常失丢了他们的性命；这全由于过度的辛苦同非常的用功。”

这一串疾病的名字已经是够长了，用不着再加上道德上

① 乔治·爱略托是十九世纪里英国的著名小说家，这个是她的笔名。——译者注

② 他是乔治·爱略托的长篇小说 *Middlemarch* 里面的一个人物，一个炫学的老头子。——译者注

③ 她是当代老前辈的小说家。她的杰作是 *Robort Elsmere*，下面所说两个人都是这本书里的人物。——译者注

④ 窝尔忒爵士（1771–1832），是英国最大的浪漫派小说家，他所写的全是历史小说，此外又写好多长诗歌咏古英雄事迹。——译者注

⑤ Robert Burton(1576–1640)，是十七世纪一位大散文家。——译者注

的责备。然而一位有名的教师在剑桥大学对着剑桥的学者演讲时，却说出这样的劝告：

“一个人也许可以做个勤读的学生，然而只是‘独善其身的’。真的，在那种缩小同自足的生涯里，甚至于就是内容更宽阔、更复杂点，含有一种特别使人们只为着自己而生活的危险。那种天天地积蓄智识、天天地耽溺在文学的或者科学的追求里是一种讲究高尚的自私的最强表现之一。在年轻时读书的人，就该注目在将来对于本代的实际服务；在年老时还念书的人，就应当此外还写文章，只图已利这个罪名总要设法减轻或者取消——减轻了，若使他打算把他所知道的东西告诉别人，取消了，若使他借此能够献身于人类。”

这是很显明的，这位说教人很瞧不起“学者”，像前面所说的学者。在他眼里，年轻的学者只当他为着“将来对于本代的实际服务”而读书，才是可敬的；年老的学者便是预备著一本书那才是可敬的。在这位说教人的口里，“告诉别人”是等于教书，写文章，以及其他灌注智识的形式；“献身于人类”是等于分明地为着一些崇高的目的而著作，使读者可以得到教训。这类的意见，对于不计实利的学者的事业同性格都是加以贬词的，是做到那样坚固地管着现代人们的心，弄得极少数真正念书的人们好像是很不好意思，除非是他们能够说他们念书为着什么实际的目的。他们是正在教小孩子或者大学生；或者他们预备当个教授的资格；或者他们快到美国去演讲；或者他们是一部二十册的克里特历史的撰稿人；或者他们忙着弄出一个新的批评学说，那能将一切教会同信条全扫到垃圾箱里去。但是时时刻刻，在一切事情里他们老是讲实际的。他们求学问，不是为着学问自身的缘故，眼睛却是全看着实用——同利益。一位这类的学者对于一个正忙着念一本地质学的年纪轻点的人说道："下学期教学生的时候，地质学对你会有什么用处没有？""没有。""那么这不是有点可惜吗？"关于一位有名的研究亚里士多德的学者，曾经有人问过——"他是为自己的快乐而念亚里士多德吗？""不，他是为着挣钱才去校订亚里士多德的集子。"我自己知道一位"在剑桥大学名誉卒业试验里考第一名的人"，他的密友们说自从他得到他的"学友"[①] 地位以后，他们老没有看他打开过一本希腊文或者拉丁文的书。"他是个事务很忙的人，他要读他的《泰晤士日报》。"

① 毕业生继续研究而领到薪俸者。——译者注

看了这种的学者同用功，再去看窝尔忒·赫德拉谟那类的人，人们会敏锐地感觉到心神爽快。窝尔忒的兄弟刚出版一部他的《言行录》。他是一个适合我所下的定义的“学者”。他念书，因为他想多知道——全知道——一个把他迷住了的问题的内容。他的成年时期是在剑桥大学内钦格学院这个美丽区域里过去，“大规模地读书，他以为只有这样才是值得的。由他看来，一切有用的智识好像差不多是都该晓得的，为的是要做批评同解释他所中意的作家的预备”。可是“著起书来，他老是迟延，不肯出一本正式的书”。总之，他非常竭力地用功，但是没有什么当前目的，只是想能够了解他所喜欢的问题的内容。在一种自责的奇怪心境之下，他写底下这几句话给他的朋友，他许多的信他好久没有回复：“并不是我忘记了我的朋友；但是一个学者他的工作是容不得怠慢的，那是太要紧了，所以无论如何要占住他的全部时间，不让他写什么别的东西。这就是华兹华斯的意思，当描写当时的剑桥大学时候，他说看见‘学问变作自己的奴才’。”

然而，不管他是多么一心一意地研究专门的学问，那些东西一百人里恐怕没有一个人——就说是在智识阶级里——能够跟着他研究，窝尔忒却既不是炫学的人，也不是沾沾自喜者。他是同沉闷的考古学者那班人没有关系的。若使在已是专门智识内我们能够有更进一步的专门，那么赫德拉谟的“专门的专门”是希腊抒情诗韵律的精髓。在一位学者之外，他又是一位诗人，同一位更出色的音乐家；他用乐律来研究希腊抒情诗人的词句，这可说是照着他工作的进行的一盏明灯，把隐晦的地方化为光明，将崎岖道路变作坦途，好像他能够跳舞唱歌，当他兜穿过别个没有得到光明的学者步履艰难地走过的地方。剑桥大学近来所产生的最出风头的古典学者前天才告诉我，他从来不懂得希腊抒情诗的真意，一直等到赫德拉谟对他唱出施蒙尼迪①同莎浮②的残篇，一面用钢琴和着，把诗里的词句和英国民俗的传统调子相配。

几年前，现在的三一学院院长这么美妙地说出当先生的人们的几种资格：

“先生应当是学生的榜样，在身体上好似在精神上同性格上，他们应当是活泼、强壮同有力。他们应当有新鲜空气的神情，蓝色的天、东北风、大海、大山、草原、花儿、棒球场、网球戏的神情——别要带着书房、迟睡、食而不化的

① 他是希腊一位诗人。——译者注

② 莎浮，希腊一位女诗人，她是一个实行女性同性爱的人。——译者注

‘时代’‘大纲’‘纲领’‘纲领的摘要’同——更是鬼气森森的——‘概略’的神情。”

正式的同专门的教读是赫德拉谟的生涯里的极小部分；但是他会碰到亟欲跟他到希腊文化这块地上乐园的人们，在那里他无比的娴熟，年轻人，无论男女，他都是乐于做引导他们这个工作；谁也相信，他性格的可爱的大部分原因是在他那种真正希腊式的对于人生、美形、清澈的天同户外生活的爱恋。“若使我不是一个研究希腊文学的学者，”他常常说，“我会想做棒球专家。棒球、音乐、希腊诗同打猎是我所关心的事情。”一位在剑桥大学同他一起骑马散步的朋友说：“你走过‘学友园’，他一定要停着去看那一双白樱树，‘自然界里最白的白’。他爱驰骋过某一条马路，那里两边有高高的篱笆，错杂地丛生着野蔷薇。‘天是一块多花的草地，希腊人这样，他们应该知道这些东西。’他是追着猎狗的一个大胆骑者，但是这是一定要承认的，他无规则地跑着。不止一次，当他的伴侣向左或者向右拐弯时候，赫德拉谟飞跑高兴得忘情了，会一直往前奔，像个离弦的箭，人们看他在远处还竭力跑，那天就不再看到他了。”

窝尔忒·赫德拉谟在四十三岁时忽然死去。若使这章是打算用来批评他的一生，那么一定要从道德、甚至是宗教方面，去讨论时间同上帝赋予的智力的最好用法；但是我的目的却是完全不涉及个人的。我只是引一个稀少的近例子，那类人快被近代生活的竞争怒潮所完全毁灭了。

默里

事实与小说

一位同我通信的人，他是一个医生，曾经写信来问我为什么，在最近一篇文章里，我说《吉诃德先生》是一部杰作。“我曾经试从，”他说，“本来的西班牙文同英文的译本里去喜欢它，我却老是失败。由我看来，去讥笑神经错乱的人们的举动好像是缺乏了真正的幽默精神。这班人们的举动总是引起我的怜悯。或者这是因为我自己是个医生，看了太多精神错乱的病人，所以念着这么苦痛的一个题材，我不能感到快乐。我想我自己情愿当个罪犯，被人吊死，而不肯半疯地死去。”

然而，吉诃德先生并不是半疯地死去。他是方寸不乱地死去，做个安分和平的公民，立下一个遗嘱，里面说明要取消他的侄女的嗣业权，若使她傻到跑去嫁给一个爱读骑士传奇的男人。但是这些全是题外的话。我要自认医生这封信使我无法可办。我不知道怎样去答复他好；那是说，答复得使他会相信。我可以说，我想，吉诃德先生的疯狂不是病态的，却是象征的，那是代表人心要将现实拿来理想化的一种根深蒂固的趋势，虽然塞万狄斯把这冲动力形容过甚地具体表现出来，后代的人们看出自己心里都蕴有吉诃德先生的精神，他们因此能够感觉到这位骑士的狼狈故事是可以应用到普遍的人性的。

但是这类的理由不能够使这位和我通信的人相信。一定要能够将内中的意义同所描写的事情相当地分开，然后才能相信这个道理，这件事有些人比别人特别不易办到。关于《吉诃德先生》这本书，我们很可以说，医生是最不容易取这种的态度的。对于一个已惯于处理神经错乱的病人的人，吉诃德先生的苦痛的实在情形一定是比书中的深意更打动他的心。他在现实生活里看了太多的吉诃德先生；他对于他们苦痛的实在情形有很深的印象，所以他绝不能够把这许多苦痛只当作是人心的一种脾气的一个文学象征。它们太震动他的心了。他不能念起吉诃德先生的行动好像它们是人心的可能性的境界里的幻想事件，因为每处他总是联想起真实人们的举动，这班人是在他的记忆里面，他曾努力，也许是枉然的，将他们的苦痛减轻。用克罗齐[①]哲学的名词，我们可以说他对于塞万狄斯的杰作只能具一种实际的态度；美术的观察法对于他是此路不通的。

虽然起先我的心被医生这封信搅乱了，以为我碰到文学欣赏上的麻木的一个例子——我们大家的文学欣赏的机关里都有盲点——可是再想一下，好像他的态度是一点也不离奇，却反可以代表一种普通的限制。比如，这是极端困难的，要那班同一种疾病有过亲密的接触，为了他们所爱的人们的生命尝过希望和恐惧的可怕更迭的人们能够持一种超然的态度，当他们在小说里读到一段描写同样的疾病的时候。不是他们在描写里没有遇到实在情形的苦楚状况，觉得作者是将可怕的东西拿来开玩笑，就是他们从描写里认出实在的情境，自然而然地把书中人的经验拿来同他们自己的经验相比。一群酸苦的联想涌上心来，证明或者反驳作者的真实。我们不让他的书自己来给个印象，我们判断他没有照他所应

① 克罗齐，意大利当代大哲学家。——译者注

当得的判断法子做去，那是按着他曾给我们以什么经验，却是靠着他所说的同我们回忆里的一个经验是否符合。

这类判断的偏曲，各种方式的，是接连下去没有归正的。一个经验既做了我们生命中的一个大枢纽了，单是这件事就使我们对于同样经验的艺术的描写特别不容易持别的态度，除开了一种实际的态度。曾经参加过战争的人们常常不满意《战争与和平》。写出来的确是很好，他们肯这样子承认，但是这实在是不像战争。近来我听一位年轻的军官，他已变作一个文人了，批评罗凌士先生①的美妙小说——《亚伦的杖》，因为没有一个“经过战地的呐喊”的人会谈得像书里一位卫队长那样谈着。对于他，像对于那位医生，我是无话可答的。这差不多好像是胡闹，去说“经过战地的呐喊”反是失丢了、而不是得到批评这书的资格。但是实在的情形倒是这样。若使我们开始用我们个人的实际经验来判断一部文学作品内中的事情，我们是走上错路了，我们是不把它当作艺术看，而当作科学看；不当作是传达对于人生的见解，却是认为是对于所观察的事实的一种大约忠实的纪录。

---

① 罗凌士，英国当代小说家。——译者注

并且，这两种态度的混杂常常做成无价值的书所以能够奇怪地风行一时的原因。在《新格刺布街》里季星[①]说一个小说家的成功大路是去描写很富的上中流社会。这自然只是许多路中的一个，但是实际上从季星时候以来这的确是非常成功的路。那班都还富有的人们喜欢读一种他们想得出可以达到的一种生活情形，好似老处女们使女小说家发财，她自己也是个老处女，在书里总是将一个老处女写作是一个热情的、像阿波罗神[②]的少年的爱人。一个作者能够供给一大群人们的实际的希望以一种虚幻的满足，他的发财是很靠得住的，因为有许多读者简直没有梦想到走到文学的疆土的条件是将一切实际的希望全弃丢不顾了。

这位医生和他们并不是真正可以相比的。这是他的荣誉，他不能念着吉诃德先生的冒险而不感到苦痛。这事证明他具有他的职业所需要的敏锐的同情心。一个研究纯粹科学的人（医生并不是）也许远不会这样心中难过。但是有一班人要文学给他们以实际的满足，凡是没有个好团圆的书，都

---

① George. R. Gissing（1857-1903），英国小说家，他的长篇小说*New Grub Street*是叙述英国穷苦的著作家的生涯。——译者注

② 阿波罗，希腊神话中的太阳神，他是个美少年。——译者注

觉得是读不下去的，这些人们值不得这种赞美，当然我们不能责备他们，因为他们希望得到我们所共同希望的幸福，我们却能够怜悯他们，因为不知道文学的美所引起的快乐是一种更纯净的同更耐久的，绝不是他们日常的希望的虚构的实现所能给的。

罗杰

秋

春是良夜里在恋人窗下所奏的情歌，秋却是残夜里凄迷如梦的哀调。在一年里消沉的时候，世界是充满了惨淡的严肃景象同老年的一种悲哀情调。这个智识我是从念关于这个题目的诗歌得到的。

愁闷的日子来了，一年里最黯淡愁人的日子，

狂号的风，赤身的树同干枯的棕色草地的日子。

威廉·卡罗·布赖安特[①]的哀歌就这样子开头。

① 威廉·卡罗·布赖安特（1794—1878），美国诗人。——译者注

是的，年头已经变老了，

他的眼睛无光而且败烂。

这段是在郎匪罗[①]的诗集里，这位诗人接着把秋同疯狂的老利亚王[②]相比。威至威士说着秋的“萧条”的美，但是由雪莱看来——

年头躺在大地上，她的死床，穿着枯死的叶子织成的一套寿衣。

呼得[③]的值得赞美的小诗结句是：

愁闷的秋住在这儿，

嘘出她满着清泪的蛊惑，

① Henry W. Longfellow(1807-1882)，美国歌咏自然的大诗人。——译者注

② 莎翁悲剧*King Lear*里面的主要人物，他给他的女儿骗了，把王位传给她们，受到她们的坏待遇，最后气疯了。——译者注

③ Thomas Hood(1799-1845)，英国诗人，他最善于作滑稽诗。——译者注

在平原里无日光的阴影之中。

这许多都是再动人不过的，一面读着，一面配上了凄凉的调子，那是风魔在钥匙眼里奏出来的，使我极端地相信这许多话。所以，今天早上当我到乡下去做个长时间的漫步时候，我心里完全以为会看到秋的衰老的悲哀丧象。

但是一开头我就碰到一个光荣赫赫的惊愕，我的心境由哀伤而变为狂喜。我从阴郁的诗的幻境走到生气充溢的现实；从惆怅的幻想走到有力的畅饮高歌，忧郁的诗人们的一切预言像秋叶一样地四散凋零了。谁能够看着秋色的照耀，而说它们是严肃呢？谁能深深地吸进一口秋风，而说他是老迈呢？

秋是年轻，快乐，顽皮——夏的欣欢的儿子——到处都呈出青春同恶作剧的现象。春是个小心翼翼的艺术家，他微妙技巧地画出一朵朵的花，秋却是绝不经心地将许多整罐的颜料拿来飞涂乱抹。本来是留着给蔷薇同郁金香的深红同朱红颜色却泼在莓类上面，弄得每丛灌木都像着了火一样，爬藤所盖住的老屋红得似夕阳。

紫罗兰的颜色是奇异地涂在放荡的簇叶之上，水仙同番红花的色料全倾倒在白柠檬同栗木上。我们的眼睛看饱了颜色的盛宴——青莲色，红紫色，朱砂色，深黄色，赤褐色，银色，紫铜色，古铜色同暗滞的黄铜色。叶子是蘸上了、浸透了如火的颜色，这位爱捣乱的“艺术家”不等到把每滴的颜料全用完时，是不肯住手的。然而雪莱瞧着这群扮哑剧的森林，却说道，在这么多华丽同辉煌陈列之中，年头躺在她的死床上，这些是她的寿衣！

为什么诗人们会觉得秋是带着老气呢？他在大地上喧跳着，追赶那班同小猫一样轻捷的狂风，使他奔窜过波平如镜的小池，将水面吹皱，一直等到水草发出呲声，将他逐去。他沉溺在嘈杂的乐事里面，捣乱得像个放假第一天的学童。他发下滴滴答答的一阵雨，看有什么结果没有；他就把一些菌染得血红了；他又放出整个钟头的夏天太阳来，跟着有一场狂风暴雨。他磨折庄严的大树，一把一把地扯下它们的枝叶，把它们拿来向前向后摇动，一直等到它们呻吟出声，然后他才暂时跑去，剩下天堂也似的安静。落叶被赶得沿着小路飞奔。带着狂暴汉的破坏性，他弄坏他自己的作品，树林的华饰全行剥落。赤条条的树林嗟叹，又打着寒战，但是他却用怒号同猫儿叫春的声音来嘲笑它们。然后，他使羊齿红得像着火，停步来赏玩十月里的彩色。最后，假假地捧出黄金的太阳光，他引诱聪明人走出门外，忽然间把他淋住，等他赶回家里，已经是湿透到皮了。聪明人于是换了衣服，喃喃地说着将尽的年头的严肃同秋的萧条的美！

秋的整个精神是顽皮、喜动，像个热心的小孩。所谓“严肃的颜色”是小丑的古怪彩衣，所谓“如怨如诉的悲风”却暗指着年轻巨人在树顶上玩着跳背戏。黑夜的渐见悠长使人想到一个强壮的幼童的长久睡眠. 每个秋天早上，当太阳醒来的时候，他搓着他的蒙眬睡眼，心里纳罕在睡觉以前他会碰到什么把戏。

春是一位可爱的少女，夏是一位艳丽的新娘，但是秋却是一个顽皮的女孩，她那种偶然的安静是比她最吵闹的恶作剧还要更可怕些。

林德

火　车

斯拖克敦达林敦[①]铁路的开幕到今年的确是刚好一百年。这是我们现在的火车的开始，我敢说，当我们回顾的时候，有许多人心里会怀疑，我们是值得庆贺，还是值得矜怜。从开头起，预言家对于这事的意见就不一致。有几位说铁路最终是一种幸福，有几位说铁路最终是一种灾祸。我们今天所知道的只是我们采用了铁路，同当火车穿过森林时候，它的烟现在差不多变成自然的一部分，可以供诗人和画家的欣赏。真的，若使我们要说火车的坏话，也不能拿它破坏了世界的美观来做理由。小孩子一能够走路，就要人家带他们到看得见火车经过的地方。好像机关车也是有生命的东西，同

① 这是英国第一条铁路。——译者注

一匹马或者一只鸡一样。在我自己的稚年时期，我晓得利斯本地方的华勒斯猎苑底下轰轰地走过去的一切机关车的名字。并不是我现在还能分析我对于火车的爱好。但是那时一听到火车走近的声音，我觉得有快乐的波浪涌上心来，暂时淹没了我全部的生活，当这个庞大、油着绿色的机关车缘着发亮的栏杆，向我前进，同雷一样响地经过，带着最后车辆的刮辣声音在远处消灭了。或者小孩子在一个动着的火车头面前，感到些勃来克在《老虎，老虎》那首诗里所表现的敬畏。由他们看来，一个火车头是一个具有可怕的对称、美丽有力的动物——一个疾驰得出奇的危险动物。他们的世界并没有被这群奇怪的东西所破坏，却反增富了许多。小孩子真像猫儿：对于一切走动着的东西都感到兴味。世界上文明的地方很少东西具有火车这样伟大的速度。在小孩子的想象里，汽车几乎不能代替它的位置。汽车没有相类的音乐，白天没有云般的羽冠，晚上没有火，可以表示内中的活力。若使纳斯钦[①]早看出小孩子从火车的形状、声音、甚至于气味，会得到多大的快乐，他的怒气也会减轻，不至于那样子把

① 纳斯钦（1819-1900），英国十九世纪里一个大思想家同批评家。——译者注

它们当作田舍风光的玷污者。小孩子欣赏一列特别快车的经过，他的精神很可以和纳斯钦欣赏回响的瀑布时一样。看到一家小孩子赶紧跑到一架铁路桥下，刚好让火车轰轰地从他们头上走过，你是逼得不能不承认他们是稚年的诗人，不好说只是爱听假危险的嘈响的唯觉主义者，像那班到卫卜来的游艺场的人们。所以我想，无论我们对于铁路有什么责难，总不能够说他们破坏了风景。一个风景会给铁路所破坏，本来也一定是个很可怜的风景了。房屋糟蹋田舍美景的地方是多过铁路万万倍；但是没有易感的人们曾经用这个作理由，来反对房屋的存在。

然而当我们讲到大家所认为铁路的好处，我们却反更难于说出不加贬词的赞美话。虽然由美术方面观察，火车是很值得颂扬的，它们的功用却没有这么明显。在十九世纪里，大家常常以为迅速的运输机器会于人类大有裨益，因为可以使各国的人民彼此更容易接近。照理论来说，结果是应当有这类的利益才是。但是，实际上有没有呢？法国人有没有更爱德国人，因为德国人到他们那里比从前会这样子更快了几个钟头？波兰人有没有更热烈地爱了俄国人，因为俄国人能够靠着迅速的火车头的帮助赶到他那里去，用不着靠那迟慢的马儿？这次“大战”并没有鼓励我们去这样子相信。真的，稍懂得人性的人们应当先就晓得人们并不会因为做了邻居，而彼此更见和爱。真的，正因为德国住在邻近，所以法国人才那样恨他们，他们两国现在实际上是比斯拖克敦达林敦铁路开幕以前更近一倍。使法德两国人民互相亲爱，我敢说，像他们所值得的那样互相亲爱的，唯一法子是发明一种和火车完全相反的机器——一种机器使运输非常迟慢，使巴黎柏林相距得好像是各在地球的一面。设使一切运输的机器能够慢到像电影中用慢镜拍照的片子，那么再也不会有世界战争了。人们会去找更近的邻人来交战，哲斯脱敦先生各市镇互斗的梦想也会实现，诺定山的住民会整队走下斜陂，来同垦星吞镇上的人们打仗。

实在说起来，我们愈容易到外国去，我们好像同他们愈不亲密。在帆船同骑马的时代，出外的英国人旅行起来，他们真可说是在外国，那里的文字同习俗，他们都是非懂不可。今日出外的英国人却照例带着英国同他一起走，若使他有对谁说话，十回有九回不是同外国人，却是同本国人谈天。汽船同火车简直是在法国、瑞士、意大利各地方上遍地建起小块的英国同美国。这么一来，他们同法国人、瑞士人、意大利人，在任一方面都是更疏远了，除开时空这两点。它们使人们由真正的旅行者变作远足旅行者了。

虽然是这样，我还是免不了相信，火车、汽车同飞机的最后用处是使各国在互相了解上更见接近。不管别方面有什么明显的事实，对于将来，我是和最初热烈地颂扬火车的人们抱有同样的意见。究竟火车还是在幼稚时期；它们才有一百多年的过去。当人们以后厌倦于过去、现在和将来的战争的损失的时候，良好的交通最少能够使“世界国会”变作可能的事情——不是做诗料用的“世界国会”，却是个对于解决关于五大洲的许多事情有些用处的“世界国会”。这是个不妙的前途，但是也没有不断的采用毒气的战争那么不妙。斯拖克敦达林敦铁路是一种发明，最后可以帮助我们对于一个棘手的事情，找出个最佳的补救方法。

可是斯拖克敦达林敦铁路虽然最后可以变成有用于世界的东西，对于英国却几乎还没有证明出它是一个有用的东西。火车，无疑地，使英国住民能够更快地旅行到乡下去，但是同时也将城市扩大得许多，因此要想到乡下去，我们得比从前多走许多路，结果是我们走到乡下去所花的时间还是和从前一样。在马车时代，一个寻求乡下的伦敦住民只要走到罕普斯忒就成了。火车现在却将周围二十里的乡下化作只是伦敦的一个近郊，痕麦、痕普斯忒同多轻在今日还没有一百年前的罕普斯忒那样有乡下风味。一切这类迅速的交通工具很快地就能够送人们到孤寂的地方去，可是孤寂的地方不久也就不孤寂了。八月中的圣·壹夫斯已经不是渔村了，却是个拥挤的地方。嘿·托也不是静默的旷野里的孤峰了，却是停顿长形马车的好所在。然而，火车同长形马车的毁坏幽处也很容易言之过甚。火车同长形马车的确结果了不少古代静默的巢窟，但是它们有这个好处：它们把群众集中在几个名胜所在，让其余的乡下差不多和从前一样地沉酣在静默里面。爱幽居的人们真是有幸，因为其他的人们多半是去人人所去的地方，在群众里最感到快乐。火车帮助我们满足这种爱群的热情，集合有成千成万的我们在布来屯同卫定，让内地的高原给羊群、牧羊人同极小数孤僻的人们去享受。真像前面所说的，房屋对英国外观的损害比火车是更有力得多，但是虽然多半房屋是毫无美观的，它们大多数是隐没在田野的青绿丛中。悲观主义者以为塞立遍地盖了房子，现在已经不是塞立了，只可说是个近郊；但是你还能够站在塞立高原的顶上，看出去周围好几里内只是田树，没有什么别的东西。将来，我敢说，人们会渐渐学会隐存他们的房屋的秘诀，所以他们的房屋将同鸟巢一样，无损于天然的风景。没有一个东西能够将乡下毁灭得干干净净，只要人们心中还是恋着乡下——火车不会，房屋同太稠密的人口也不会。我想一百年后的英国比此刻的英国不至于减少、却是添加了田园的风味。

若使一定要讲铁路的坏话，真的，我们不能说它们毁坏了乡下，却只好指它们损害了村落的生活。村店，我想，是衰落下去，大非昔比了，因为现在火车弄得它要同城里的大公司竞争。村里有许多住民从他们门口的小店仅仅买一点儿东西，或者什么也不买，他们的购买几乎全是到城里去干的。这不是从前那种爱乡的情绪。可是，就是这点也容易说得太过。有整千整万的女人倒喜欢她们门前的小店，胜过于三十里外的大铺子。它们对于它们邻居的关切使她们在店里比在异城的无灵魂的公司里快乐得多，并且她们只需走几分钟的路，就能从本地的店铺得到她们的主要快乐的一种（指闲谈）。所以也许铁路毕竟是没有这么多的害处。我们还没有什么原因，要替乔治·斯蒂芬孙[①]建个雕像，但是我们也

① 乔治·斯蒂芬孙（1781-1848），火车的发明者。——译者注

没有什么理由，去咒骂他的遗名。若使请小孩子来投票，他或者居然可以得到他的雕像。我们能够更容易地赦宥了他，当我们记起，他所发明的不单是一种机器，却是许多保姆要宽松自己时，拿来哄她们所照顾的刁蛮小孩子的一件大玩具。

瑟斯顿

船　木

伦敦城里的河旁有一所围场——我想总是在兰伯斯的对面或者那里附近——在那地方你同“浪漫史”可以有很亲切的接触，使你的幻想燃着起来，神游到几千里外“东方”的远海里去。

你尽可以用不相信的口吻谈着如愿环，一步七十余里的长靴同有魔力的地毡，以为它们全是属于神话的，只有小孩子的心才能吸收的；然而究竟说起来，它们不过是用诗情将人生里微妙的东西拿来具体化，这些东西本来会加我们的想象以双翼，或者替那倦于现实的眼睛带来白日梦的温柔好睡。

差不多个个人一定都知道我所说的这个地方。他们在那里将有了日子的海船的船骨打成碎木头——这些船曾经无畏地安全地走过成千的大风浪，曾经那么有希望地望着渺茫的模糊的地平线驶去，而始终能够逃避着饥饿的海的狞恶的、紧抓着的手指。

在那里，你会看到他们死时的脸孔，那班默默不言的船头像，它们在这么多深夜，这么多白日里，现着不倦的、老是注意的眼睛，毫不惧怕地同深海的神秘相抗。这些无表情的脸孔使人们觉到悲哀——又使人们感到凛然。它们好像是这么木然的，这么愚蠢的，当你起先看它们时候；但是你的幻想一鼓起翼来，你的耳朵一同东西内在的音乐调和好，那种音乐在一切东西里都可以找出，不管是多么物质的东西，你会听到模糊微弱的声音，里头说出成千个的海的故事，讲出成千句的大话，述出成千桩的冒险事情。

在这个世界里没有一件东西是缄默的。只是我们耳聋听不出。

我老觉得八、九及十世纪时横行欧洲北海岸的海贼大王的葬仪是人类最高贵的想头。庄严的地方是在于它的简朴。里面也带有壮观盛举的成分，但是绝没有夸张扬厉的痕迹。近代磨光的橡棺，同它华美的铜装饰，粉饰得再精美不过的柩车，腾跃的黑色雄马，糟蹋了成千娇艳的好花——这许多全是夸张扬厉，你很可以这样子说。它并不比英国最高的马戏车子顶上那个不列颠里亚大神[1]的胖像更能说出死的意义。今日的葬礼全失丢了简朴的一切庄严地方。但是乘着一艘火烧着了的大船出去，双手叉着，躺在他的脚那么常走来走去的舱面；出去向着他的眼睛老是注意的远处水平线，这种葬仪有种慷慨的清高。关于这种葬仪，你想象不出同司葬仪人的论价。这里不能有什么省钱，比如棺材的价钱省一点，柩车的租费又省一些。

不——这是海贼大王自己的船——他所有的最值钱的东西。你难道不能分明地看出这只大船，挂了帆，飞奔往前，做她最后的航行——大王同船本身的最后航行？然后，当跳跃的火焰抓着膨胀的布帆，我能够看她沉到波浪的摆动的摇篮里去。我能够看一阵阵的浓烟混着同遮住橘色的火舌，等到最后她变成放在大海中的一座小“祭坛”，献出她的牺牲——一个人的灵魂，给那永不息怒的神们。

现在每回你烧一块船木，是你参加一次海贼大王的葬礼。在那绿色、黄金色、橘色、紫色同蓝色的火焰里，你可

① 英国国神。——译者注

以找出，只要你肯用你的眼睛去好好留神，一切浪漫史以及这种庄严的人的牺牲——一个海贼大王的安葬——的一切精神同色调。长夜里当你坐着，雨是乘着忽然的、鞭挞似的疾风，打到倾泻着水的玻璃窗上，还有雨滴从烟囱里像唾吐一样，发出嗞声降到下面的火里，那时烧着的一块船木由任何人看来都该说是个好伴侣。每个火舌迸出时，柏油从煮熟的木头里渗漏出，还依着粘韧的船骨的海水起泡沸腾着，你能够听出，确然只是微微地，“浪漫史”的颤动声音，说出惊人的壮举同伟大的冒险。没有几个水手能够说故事说得这么中你的意思。从来没有这么迅速或者勇敢的一艘盗船；从来没有这么神奇的出险或者这么持久的战斗，像你在这长夜里所能看见的，当你独自坐在没有点灯的客厅里，注视一块船木在炉里燃烧。

别去理他们，当他们告诉你绿焰是从铜来的；蓝焰是从铅来的——浅灰色的焰是从钾来的。——化学家的试验室里有它自己的浪漫事，但是它同你现在所遨游的想象这个大海却满不相干。就说绿焰是从铜来吧！对于你，它们却是翡翠，“东方”的宝物。就说蓝焰是从铅来，浅紫焰是从钾来吧！当你坐在那黑暗的房里，火焰的光闪烁着照到天花板上，影子都爬到近旁去听它的声音时候，在你眼里，它们是来过世上最勇敢、最嗜杀的海贼的围腰蓝带同缚在头上的紫色头巾。

无论什么时候，一炉火总是一个伴侣。把一块船木放在火焰里，我敢包你会出神，忘记了自己同四围的一切；忘记了自己，一直等到最后的火焰摇动了，最后的红烬灭了，而这个曾经这么安稳地带你渡过成千个大海的好船最后陷下去，埋在庄严的安葬的残灰里去了。

米尔恩

追蝴蝶

最近一场官司泄露出一事实：我们国里有一位绅士，一年花一万金镑来收集蝴蝶，这件事在一八九二、一八九三年时会比今日更使我烦闷。我现在能够冷静地忍受着，但是二十五年以前这消息一定会伤害及我对于自己的收集的自负，为了那个收集我已经花去我一星期三便士的零用钱的大部分了。然而，或者我会安慰自己，以为两人里我是更真实的热心人；因为当我这位仇敌听到巴西有一种罕见的蝴蝶，他就派一个人到巴西去捕拿，可是当我听到园里有一个“暗淡黄”种的蝴蝶，我就留心除开自己外不让谁去图谋杀死它。并且我可说我们的目的是不同的。我本来存心把巴西放在我的收集范围之外。

到底追蝴蝶是有益或者有害于个人的性格，我不能去下个断言。无疑地，追蝴蝶也能够有很充分的理由同猎狐一样。若使狐吃有小鸡，蝴蝶蛹却吃有生菜；若使猎狐能够使马种进步，猎蝴蝶能够使小孩的身体强壮。但是最少，我们总未曾对自己说过蝴蝶喜欢被人们追捕，像（我听说）狐那样爱被人打猎。我们关于这点都还老实。最后我们安慰自己，相信许多有名的自然科学家所说的话：“昆虫不会感觉到苦痛。”

我常常纳罕自然科学家怎么敢这样断然地说着。难道他们晚上绝没有梦着在别个世界里的一种来生，在那里他们被巨大的昆虫追赶着，它们也是热心想增加它们的“自然科学家的收集”——这班昆虫随随便便地互相安慰道“自然科学家不会感觉到苦痛”？也许他们有这样梦过。可是我们，无论如何，是睡得很好的，因为我们从来没有武断过一个蝴蝶的感觉。我们不过是引用聪明人的话。

但是若使对于一个蝴蝶的感觉性有怀疑的余地，对于它的特征却是绝无可疑的。由我们看来，这真是奇怪，有这么多成人的同（仿佛是）受过教育的男女不懂得一个蝴蝶的触角尖端有许多圆球，而蛾却没有。这许多年来他们到底是到哪里去会弄得这么无知？好心肠但是走到错路了的姨娘们神秘地答应带一个新种的蝴蝶来增加我们的收集，却从一个信封里取出个普通的“黄翼里”，不懂得（这点还是可恕的）只有亲手的捕获对于我们才是有价值的，但是不可恕地不晓得一个“黄翼里”是一个蛾。我们并不收集蛾，它们的种类太多了。蛾又是晚上出现的动物。一个猎人，他睡觉的时间是随着别人的高兴，是不宜于夜间的狩猎的。

但是蝴蝶是当太阳出来的时候出现，那刚是小孩子该出来的时候；在英国蝴蝶的种类也没有太多。我曾经全能够说出它们的名字，随便碰到一个都能认清是属于哪一种的——真的，甚至于晓得“罕普斯忒[①]的阿尔比温眼睛”（或者是叫作“阿尔比温的罕普斯忒眼睛”吗？），关于这类蝴蝶在英国只采集有一个标本；当然是罕普斯忒所采集的——也许是阿尔比温采集的。那第二个标本是我所捕获的。但是他是无貌的家伙，也许若使我得到一个“坎柏卫尔的美人”，一个“紫皇帝”，或者一个“燕尾”，我会更喜欢些。不幸得很“紫皇帝”（书里这样告诉我们）只常在树顶上飞着，这真是太欺

① 罕普斯忒是伦敦郊外的一个地方名字。——译者注

侮一个长得不到他的年纪所应有的高度的小孩了，“燕尾”常在诺福克那里出现，这也是同样地不顾到在南方度放假日子的家庭了。“坎柏卫尔的美人”听起来是更有希望的，但是我想煤车使他们灰心，不肯来临了。我怀疑当我在那里的时候，他曾经飞到坎柏卫尔过。

每星期只有三便士，自然是要小心点才行。杀蝶箱同保蝶板是非买不可的，但是扑蝶网可以用家制的。一条竿子、一串铜丝同一块洋纱，所需要就是这么多了。我们喜欢用绿色洋纱，因为我们觉得这大约总可以瞒得过蝴蝶；当他看网子走近时候，他会想这不过是柏喃森林自己走到丹息能来了[①]，后面这个怪样子的东西不过是那地的一种花丛。因此他还在那里拈花惹草，他一生中最惊愕的时候是当这东西一变，变作一个小孩同一个蝴蝶网的时候。那么，洋纱是要用绿色的，可是竿子只需一个通常的藤杖。绝不用你们那种可收缩的鱼竿——“宜于捕‘紫皇帝’用的”。这些东西让大富豪的儿子去买吧。

我现在忽然记起，我今天下午是做二十五年前我所做的

① 这是莎翁悲剧*Macbeth*里的一段故事。——译者注

事情；我是写一篇文章说怎样去做一个蝴蝶网。因为我生平的第一次投稿是关于这个题目。我把稿送到一种小孩子看的刊物的编辑去，他没有把我登出来，使我很莫名其妙，因为里面每字（那时我很有把握）都是正确地拼着。自然，我现在看出你们对于一篇文章还要求其他的好处。但是在莫名其妙之外，我又是极端地失望，因为我非常需要这稿所应当有的代价。我要用那钱买一个做好了的蝴蝶网；相比竿子，铜丝同绿洋纱是（在我手里，无论如何）更宜于做一篇文章的材料。

杰克逊

跳舞的精神

一位伟大的跳舞家或者一种伟大的跳舞不是能够形容出来的——我是指借着文字的能力。用音乐却能够做到，台加[①]同一两位其他画家曾经用图画来描状过。帕甫罗发[②]的舞态尤其是超乎文学的描写能力之上。没有一处是呆的，可以让文字来抓住；她是同空气一样地不可捉摸的，轻飘的同奇妙的。真涅以、波勒尔同以锡多拉·当坎也都是大跳舞家，但是这还是比较容易些，用文字的活结去捉到些他们的特性，因为他们具有我们所谓的个性。他们是不完全的跳舞家，跳舞中的个性主义者；个性支配着他们的艺术。帕甫罗

① 台加(1834–1917)，法国名画家。——译者注

② 当时一个极出色的舞女。——译者注

发是跳舞的化身；她是混众人而为一的；她是跳舞的真正精神，既不是有古代风的，也不是传统的，也不是近代的，却是把三者全蕴在一身——令人狂喜的运动的一种常变的三位一体。她不使你想到她自己，她却叫你梦想到一切古往今来的跳舞。当看她跳舞时候，我免不了想起她不单是遵循一门艺术的定则，却是遵循着生命的定则。树叶在和风里跳舞着，花朵在太阳光里跳舞着，大千世界在空间跳舞着，帕甫罗发的跳舞是这个宇宙的节奏中的一部分。

剧院里的每位观客一定都有同这个相类的感觉——特别是当她和迈克尔·摩得金，她在艺术上的绝妙配偶，一起跳格拉尊洛夫的酒神舞。我又想在那黑暗的大厅里的脸孔——里面有许多脸孔反射出英国的尊严的、冷酷的道德——的微光部分，一定染着奇怪的情感。这些脸孔的古板主人一定觉得一种新觉醒，好像在梦里一样回忆起他们所曾尝过的一切热情同美感，以及一切他曾尝过的，若使他们一向是随着他们真实的情感，他们神圣的怪想做去。你当真能够觉得观众的心在这非常快乐时候勾连上了回忆同悔恨，因为在欣欢的神庙里面，像开茨[1]所知道的，面蒙黑纱的“愁闷之神”有

① 开茨(1795-1821)，英国三大浪漫诗人之一。——译者注

她的独立的神龛。

但是，关于我自己，悔恨老是染上了一种更圆满的快乐。我觉得世上一切的狂笑在我热血里奔驰；我被带到一个更幼稚的时期，当人们同神们是有交使的情谊的时候：

当我坐着的时候，从浅蓝的小山里
来了一阵闹酒的人们的声音；小河
也流到紫色的大江里去——
这是酒神同他的全队同伴！
最近的喇叭响了，刺耳的银声
从两唇相触的铙钹做出一种欣欢的嘈声——
这是酒神同他的亲戚！
像会动的葡萄一样他们来到下面，
顶上戴着绿叶，个个红得好似火烧；
大家癫狂地跳舞着经过这可爱的山谷，
为着要把你赶去，“愁闷之神”！

帕甫罗发摇动的身体同生命和快乐、同爱和美协调而乱跳。呵，那种横过戏台的放恣的飞奔，那种热烈的追赶，那种甜蜜的调戏，然后是那种擒获同极美的降服的深妙意味！生命的精髓就在这里，生命是这样充满了欣欢，简直是泛滥着极乐的放纵，一直等到它消沉下去，由于唯一可恕的过度——幸福的过度。

她不单是身体跳舞，她的灵魂同时也在跳舞；她美丽苗条的身体只是个工具，在上面她奏出生命的赞美歌。她的脸孔也在跳舞，为着欣欢，为着害怕，为着降服，为着得到了满足的热情的狂欢而跳舞。她是我所看到的第一个脸上也能跳舞的舞女。我们很少看见一种这么活泼的绝对快乐的脸上表情，从来没有在一个跳舞者脸上看见。别个跳舞者的脸孔多半是太关心到他们的脚步。帕甫罗发却是满不在乎的样子，好像她是什么也不关心的——她只一股活气。对于她，可说将来同过去全化为乌有了，只有个疯狂的、有节奏的现在。

跳舞真正应该是这样子。跳舞是有节奏的生命。当生命是在最紧张的时候，当生命是它自己的命运的主人时候，它就摇动着、协调着、跳舞着，它变成可歌的了。跳舞是身体唱出的歌，是风姿的抒情诗。它同运动的关系是像花同树木的关系：它是开花一相，成熟的表征。威廉·勃来克[①]差不

---

① 威廉·勃来克（1757-1827），英国最伟大的神秘诗人。——译者注

多达到这个神秘东西的内心．当他说，“充溢就是美”。

当人们感觉到生命的充溢在他们血管里奔流时候，他们才跳舞。帕甫罗发同迈克尔·摩德金的酒神舞同小孩子在乡村草地上拉着手打着圈圈的疾跑是有一个很真实的关系的，那时小孩子一面唱着那美妙的，永久是无意思的调子：

我们在这儿跳舞——乐必乐！[①]
我们是在这儿跳舞——乐必来！[②]
我们在这儿跳舞——乐必蓝！[③]
大家星期六晚上齐快乐！

但是近代跳舞场里的通常跳舞不能算是跳舞：它们是同跳舞的精神离得很远了，好像近代一个酒馆里的痛饮是同酒神节的意义离得很远了。跳舞场是一个时尚，同滑冰场一样，它的结果也是跟一切别的时尚相同。这是为那班太疲倦了不能去真正享受生活的人们的一种消磨岁月的办法，那班

① 这几个字是没有意思的。只是拿来凑韵脚的。——译者注
② 同上。
③ 同上。

没有丰余的活力的人们同那班精力已经耗尽或者萎缩的人们的一种解闷的玩意儿。有时你在跳舞场里会看到一点儿真正的跳舞：两个爱人给普通二人旋转舞的调子里面的一些歌意神秘地感动着，他们真开始跳舞了。但是一种耳语立刻传遍全房，那是从富婆的椅子发起的，她们的老迈想践踏碎他人的幸福，就把充溢的发泄叫作不道德了。

但是那班没有体面来维持的人们的"六便士跳舞"却大不同了。在伊斯特·思得[①]那里的跳舞场的烟雾腾腾的空气里，你会看到没有什么艺术，却有许多生气的跳舞。那是粗鄙无文的，但是它具有大跳舞场里所缺乏的东西——热情，欣欢。我常常想我们舒服的中等阶级的人民不应当去尝试跳舞。他们已经是行尸走肉了：他们的理想是钱、面子同威严，这些东西同生命是丝毫不相干的。只有那从来没有过或者已经弃丢了这类理想的人们才能跳舞：小孩子，脑筋简单的农人，伊斯特·思得那里的普通伦敦住民，同特别的人们——会创造的人们，具有充溢的生命同美的人们。但是其余的人们还是有幸福的，他们的生活既是别人替他们活着，

① 那是伦敦下等人聚集的地方。——译者注

所以别人也可以替他们跳舞。帕甫罗发同其他大跳舞家是很仁爱的——他们肯在他们面前跳舞，虽然不一定刚刚是为他们而跳舞。

“我只肯相信一个能够跳舞的神”，尼采说着；凡是感动到生命的真正究竟的人们都会和他抱着同一的主张。我们应当跳舞，因为我们的灵魂是跳舞着。真的，我们追想到底，除开跳舞外，世上还有什么实在的东西？我是唯一的实在——喜欢的时候，快乐的动作，仁爱的举动。就是那长久的静默，清澈的心灵的深深的恬静，也是跳舞；所以它们才好像是这么不动样子。当陀螺跳舞得最完全时候，它好像是最静止的；正好像分明是静止的地球却是在自转，又绕着太阳转；正好像星空在夜里的跳舞一样。一切艺术都是种跳舞；画家不过是一位舞队的领袖，指挥光同色的跳舞；一首诗是字的跳舞；音乐是声调的跳舞。所以，为什么我们不能有个会跳舞的神？或者，帕甫罗发同她在这门伟大的艺术上的姊妹们会教导他们。

但是也许神们已经跳舞着了，只是我们不能看见。谁知道呢？让我们别忘记了宗教同跳舞一向是常携手在一块儿的。对于人生的谜已经有许多的臆测了，将来还会有许多；因为神秘还是躺在我们的四旁——它躺在我们心里同我们上面，它用尘土眯着我们的眼睛，在我们的路上放了好像是无法征服的障碍。但是我们不会停着不去努力从这层尘障里看去，越过这许多障碍；按着我们自己的态度来默燃幻想之灯。我也要来猜一下。真的，我已经猜有成千回了，我们里面谁没有这样猜过？有时我想究竟说起来，生命并不是别的，只是一个光荣的跳舞，一种运动的狂欢节，开头是跳舞，继续下去也是跳舞；当结局到了时候，这不过是“舞队的领袖”的一个记号，叫我们把这跳舞重新再来开始。因为世上实在是没有结局的。不错，这真是不能够再怀疑了，神们老是在跳舞着，伟大的跳舞家也可说是真正的预言者。

编者后记

二十世纪初，中国发生的那场轰轰烈烈、翻天覆地的大变革，在催生中国现代小品文的同时，也为小品文的发展带来了难得的际遇。众多的文学样式在接受考验和筛选，同时也在进行自我更新。英国小品文的译介对这一时期散文的发展产生了不可磨灭的深远影响。

梁遇春作为散文大家，自身深受英国小品文影响，这本译著，由梁遇春所译的两部集子合编而成，其一为《英国小品文选》，上海开明书店一九二九年第一版，收作品十篇；其二为《小品文选》，上海北新书局一九三〇年第一版，收作品二十篇。此次编校，既是为继承新文化运动余音，亦是向散文大家梁遇春致敬。

编　者

二零一七年十二月五日